SPRING YELLOW

CONTENTS

■和泉勝利　大学2年生。いとこのかれん・丈と2年間同居していた。

■花村かれん　光が丘西高校の美術教師。年下の勝利と想いあう仲。

■花村 丈　姉と勝利の恋を応援する、ちょっと生意気な高校1年生。

■マスター　喫茶店『風見鶏』のオーナー。かれんとは実の兄妹。

■星野りつ子　大学の陸上部マネージャー。勝利に想いを寄せている。

■岡本由里子　マスターの恋人。彫金をやっているアーティスト。

■和泉正利　勝利の父親。再婚して、妻・娘と暮らしている。

■花村佐恵子　ロンドンから帰国したかれんと丈の母親。

■和泉明子　正利の再婚相手。生まれたばかりの娘がいる。

■森下裕恵　勝利にわけありの部屋を紹介してくれた不動産屋の女性。

◆前巻までのあらすじ

高校3年生になろうという春休み。父親の九州転勤と、叔母夫婦のロンドン転勤のために、勝利は、いとこのかれん・丈姉弟と共同生活をさせられるはめに陥った。しぶしぶ花村家へ引っ越した勝利を驚かせたのは、高校の美術教師となったかれんの美しい変貌ぶりだった。

いつしか五歳年上の彼女を一人の女性として、意識しはじめる勝利。やがて、かれんが花村家の養女で、彼女がかつて慕っていた『風見鶏』のマスターの実の妹だという事実を知った彼は、かれんへの愛をいよいよ強める。一方、かれんにとっても、勝利はかけがえのない存在となり、二人は秘密を共有する仲となる。

大学生になった勝利は、以前から彼に想いを寄せていた陸上部のマネージャー、星野りつ子から告白を受ける。困りきった勝利は悩んだ末、かれんとの仲をりつ子に告げた。

折から、海外に駐在していた叔母夫婦の帰国が決まり、一方では勝利の父親も単身赴任がとけて、新しい家族と東京へ戻ってきた。そして、勝利は一人暮らしの決心をする。かれんとの生活が変化しつつあった。

PROFILE

遠い背中

おいしいコーヒーのいれ方Ⅵ

HONESTY

1

日曜日にふさわしく、よく晴れた日だった。

せっかく気合いを入れて、まだ明るいうちからカレーを作り始めたというのに、途中で気がついた。ガ……ガラムマサラがないじゃないか！

弱った。すぐそこのツルカメヤじゃ、ろくなスパイスは置いてないだろう。何もガラムマサラがなけりゃカレーができないってわけじゃないが、あれを入れるのと入れないのとでは仕上がりに歴然と差が出るのだ。ほかのことならいざ知らず、コーヒーと料理に関してだけは、手を抜くなんてプライドが許さない。

僕は火をいったん止めて、

「おーい、かれん」庭に声をかけた。「俺、ちょっと駅前まで行ってくるワ」

「えー？　なあにー？」

向こうの隅《すみ》でこっちに背中を向けていた彼女がくるりとふり返った拍子に、ひとつにまとめた三つ編みが揺《ゆ》れた。首をかしげた彼女が、独特ののんびりした口調で言った。

「いま何て言ったのー？」

「駅前まで行ってくるーっ」

と僕は声を張りあげた。

見ると、かれんの手には長い菜箸《さいばし》。庭の隅のかまどには大きな鍋《なべ》がのっていて、中には何やら紫がかった物体がぷかぷか浮いている。

「何やってんのさ、さっきから」

「端切《はぎ》れを染めてるのー」言いながら、かれんはこっちに近づいてきた。「さっき散歩に行ったら、ほら、三河屋《みかわや》さんの斜め前に小さい畑があるじゃない？　あそこでおじいさんが赤ジソをいっぱい間引《まび》きしてたから、お願いして、もらってきちゃった」

「ちぇーっ、なんだガッカリィ」

いきなり後ろから声がしたと思ったら、自分の部屋にいたはずの丈《じょう》がキッチンを覗《のぞ》き込んでいた。

「てっきり食いもん煮てんだと思ったのによう」

「あら、なんなら食べる?」

「えっ食えんの?」

「煮出した後のシソの葉っぱなんてどーぉ?」

「……いくらオレでもそこまで飢えてねえよ」

かれんは、また三つ編みを揺らしてくすくす笑った。

彼女は今日もあの、カフェの店員みたいな紺のエプロンをしている。その下は色褪《いろあ》せたジーンズ。薄地の白い綿シャツを袖《そで》まくりして、鍋からあがる湯気のせいか頰《ほお》をほんのり上気させた彼女は、なんだかキャンプで慣れない煮炊《にた》きに挑戦している高校生みたいで可愛かった。

「ヤケドすんなよ」

と僕は言った。

「はぁい」向こうへ戻って菜箸で鍋の中身をつつきながら、かれんは首だけこっちを向いた。「ねえ、駅前って何しに行くの?」

僕が答えるより早く、丈のやつが口を出した。

「女とデートだってさ」

……バカは無視するに限る。

「ガラムマサラ買いに行ってくんの」

と僕は言った。とたんに、

「わぁーい」かれんがぱちぱち手をたたいた。「カレーだカレーだぁ」

「って、別にめずらしくもないだろ？」

先月、佐恵子《さえこ》おばさんがロンドンへ帰っていく直前にも大鍋いっぱいビーフ・カレーを作っていってくれたほどだ。何も今さら拍手されるほどのメニューじゃない。

でも、かれんは首をふって言った。

「だって私、ショーリのカレーがいちばん好きなんだもの」

「だはっ」丈が変な声を出して僕の脇腹をこづく。「聞いた？　なあ今の聞いた？」

「聞いたよ、うるせえな。何だよ」

「いいなぁ～、らっぶらぶじゃぁん」いきなり裏声で、「『だってアタシ、ショーリがいちばん好きなんだもの♡』なはは～んちゃって」

「お前、耳の穴そうじしろよ」

「やぁっだもう照れちゃってぇ。この色男っ」

「………」

なんだかひどく疲れてしまって、僕はやれやれと首をふった。どうしてこいつはこう、いつもいつもいつもいつもいつもいつも、むやみやたらと元気なんだろう。何か秘訣《ひけつ》があるなら教えてもらいたいものだ。

「お前、そんな元気なら代わりに行ってこいよ」と僕は言った。「うまいカレー食いたいだろ？」

「そりゃ食いてぇけど、わりィ、オレちょっと今日は行けねぇワ」

「なんで」

「いや、ちょっと行けねぇワ」

「だから何でだよ」

するとと丈は急に深刻な顔になって僕を手招きした。つられてつい真剣に顔を寄せていった僕に、そっと耳打ちする。

(じつはオレ今日、コーモンの具合悪くて)

「………」

「ま、そういうことだから、頼むわ勝利《かつとし》……いい痛《い》ってえぇッ！」

「この頭はッ！」と僕は怒鳴った。「せめてもうちょっとましなイイワケ思いつけねぇのかッ！」

「冗談じゃん、じょーだぁん。わかんねえかなぁ、もう」

やつの頭は、たたくと空《から》っぽの音がした。こんなんでよくもまあ光《ひかり》が丘西《おかにし》に受かったもんだ。何かの間違いどころか、もはや事故だったとしか思えない。

あっちでキョトンとしているかれんに、

「じゃあ、まあとにかく行ってくるから」

と僕が言うと、

「ん。行ってらっしゃい」彼女はにっこりして手をふった。「気をつけてね」

「いやあぁ～ん新婚さんみた～い♡」

こりずに体をくねらせる丈のやつに無言でもう一発お見舞いしてやり、僕は玄関を出て自転車にまたがった。

勢いよくペダルを踏みこむと、初夏の風が顔に吹きつけてきた。

青草の匂《にお》いがする。たぶん、どこか近くの家で芝生《しばふ》を刈ったか何かしたのだろう。

耳の奥では、さっきのかれんの言葉がリフレインしていた。

(だって私、ショーリのカレーがいちばん好きなんだもの)

あくまでもカレーだぞカレー、と自分に言い聞かせる。丈の前だから平静を装《よそお》っていたものの、じつをいうとさっきは僕だって嬉《うれ》しくて、にやけそうになるのを我慢するのにずいぶん苦労したのだ。

でも逆に言えばその程度の一言《ひとこと》がこんなに嬉しいということそのものが、僕の中にある一種の満たされなさを表しているのかもしれなかった。

決して、何が不満というんじゃない。かれんが僕を想ってくれていることはわかっているし、それを疑っているわけじゃない。あの大晦日《おおみそか》の夜、彼女はあんなに激しく泣きじゃくりながらも、一生懸命に「ショーリでなくちゃやだ」と言ってくれたのだし、そればかりか勇気をふりしぼって自分からキスまでしてくれた。

本当はそれで満足するべきなのだ。言葉にならないものをこそ信じるべきだと、あのとき僕はちゃんと気づいたはずだ。

吹きつける風に向かって、また一つため息をつく。

(……そんなに欲ばってどうする気だよ)

でも、欲というやつにはまったくキリがなくて、一つが手に入れば二つ、それが手に入れば次は、と、際限もなくどんどん多くを望みたくなっていくものらしい。

正直なところ、かれんがふだん僕に対して自分の気持ちをはっきり告げてくれたり、自分の悩みを打ち明けて相談してくれたりする回数は、僕が望んでいるよりもずっと少ないのだった。――ずっと。

※

花村《はなむら》のおじさんと佐恵子おばさんが、二年以上にわたるロンドン駐在を終えて帰国する日まで、あと二週間を切ってしまった。

それが原因なのか、それとも他に何か理由があるのかはわからないが、このところ、かれんはどうも元気がない。

とりあえず、目覚まし時計を三つも仕掛けて自力で起きる努力は続いているし、弟の丈や僕に対する態度もこれまでと変わらないし、学校で女子生徒からもらった手製のクッキーだの、男子から無理やり貸された漫画だのをしょっちゅう持ち帰るのは相変わらずだし、自分の授業中に居眠りするのも一応我慢しているらしい。

毎日の食欲だって普通にある。

僕が作って持たせてやる弁当も、ちゃんと残さず食べてくる。

それでもやっぱり、僕にはわかるのだった。かれんがじつは、かなり無理をしているってことが。

それが証拠に、彼女はこのごろ鼻唄を歌わなくなった。前だったら、洗濯ものをたたみながらとか、新聞をめくりながらとか、無意識にフンフン機嫌よく歌っていたのに——そして僕はそれを聴くのがとても好きだったのに――このごろはぴたりと止《や》んでしまったのだ。

歌っているのが無意識だったのだから、歌わなくなったのも無意識なのだろう。

僕が最後に耳にしたのは、明子《あきこ》姉ちゃんが綾乃《あやの》を連れて泊まったあの翌日の昼間、かれんが縁側でちびすけに日向《ひなた》ぼっこさせながら歌っていた『雪の降る街を』だった。でもそれは、半年足らず前の正月の朝、積もった雪の中でかれんが大はしゃぎで歌っていたのと同じ歌とはとても思えなかった。

ゆー……きのふ……ま……ちを……
ゆ……きの……ふーるま……を……
お……もい……でだ……がとお……すぎてゆ……
ゆ……き……のふ……ま……を……

声は小さく、とぎれとぎれで、かすれていた。もちろん、得意の「わわわわー」もなかった。

緑あふれる初夏の庭でつぶやくように歌われると、その思いっきり季節はずれの歌詞と

メロディは、なぜかものすごく寂《さび》しく響いて、大声で歌われるよりもかえって耳の奥に残った。

やっぱり、僕のせいなんだろうか。僕があんなことを言ってしまったから——花村のおじさんたち夫婦が戻ってきてしばらくしたらこの家を出るなんて言ってしまったから、それで彼女は落ちこんでいるんだろうか。本当は僕にずっとこの家にいて欲しいのに、わがままを言って引き止めたりすると束縛《そくばく》してしまうことになるとでも思って、それで何も言えずにいるんだろうか……。

正直なところ僕のほうも、かれんに向かって、やっぱり家を出ていくのはやめる、ずっとお前のそばにいる、と言ってしまいそうになったことは何度もある。

けれど僕は、そのたびに言葉を呑《の》みこんだ。佐恵子おばさんたちが帰ってくるのなら、僕が花村家にいる意味はないのだ。

それでももちろん、今までどおりこの家に置いてもらうことは可能だろう。親父《おやじ》が明子姉ちゃんと再婚して綾乃まで生まれた今となっては、和泉《いずみ》の家に帰って一緒に暮らすというのはちょっと気が引けるし、僕がここに居させてほしいと頼めば花村のおじさんも佐恵子おばさんも駄目《だめ》とは言わないはずだ。

でも、もしそうなれば、かれんとの仲がおばさんたちにバレないように、朝から晩まで気をつかい続けなくてはならない。うっかり気を抜くとボロが出て、本当にバレてしまうかもしれない。僕自身はそれでよくても、かれんにまでそんな窮屈《きゅうくつ》な思いをさせるのは可哀想すぎる……なんてのは建前《たてまえ》に過ぎなくて、僕だってやっぱり、できることならそんなのは御免こうむりたかった。

花村家を出るという選択は——それも和泉の家には帰らずに部屋を借りて一人で暮らすという選択は、だから、僕なりに考えに考えて導き出した最善策なのだった。かれんと一緒にいられる時間はこれまでより短くなってしまうけれど、〈時間〉を失うのと引き替えに、〈場所〉を手に入れることはできるのだ。夢にまで見た、誰にも邪魔《じゃま》されずに二人きりになれる場所を。

……二人きり。

想像しただけで、唇の両端がにまにまと上がってしまう。

今から思えば、親父から、花村の家でイトコたちと暮らすようにと言われた当初、僕はずいぶん抵抗したものだった。

あのとき親父に押しきられていなかったら、今ごろ僕はどうしていたのだろう。そう思うととても不思議な感じがする。

たとえば、和泉の家に一人で残っていたら。

僕がかれんと再会するのはずっと先のことになっていただろうし、となれば、彼女に恋することもなかったかもしれないし、たとえ後から出会って好きになったところで、その頃には手遅れだったかもしれない。もしかすると（考えるだけでムカつく話だが）すでに彼女が中沢《なかざわ》さんか誰かのものになってしまっていた、なんてこともあり得たわけだ。

かれんが僕の気持ちに応《こた》え、やがて僕のことを好きになってくれたのは、こうして毎日を一緒に過ごすようになったからこそだった。

この一件から僕は、大事なことをひとつ学んだ気がする。つまり――変わっていくことを怖《おそ》れない、ということ。

たとえば何か新しい、見覚えのないもの。初めて耳にする考えや、馴染《なじ》みのない場所。慣れるまでは緊張も強《し》いられるけれど、思いきってぶつかってしまえば、それまでは考えもしなかった局面が現れたりして、けっこう悪くないものなんじゃないだろうか。

〈変化〉ってやつは、いきなり訪れるとつい避《さ》けて通りたくなってしまうものだし、慣れるまでは緊張も強いられるけれど、

かれんがこのごろ沈んでいるのは、その〈変化〉を怖《こわ》がっているからなのかもしれないな、と僕は思った。丈と僕との気ままな三人暮らしが思いのほか居心地よすぎたからよけいに、それがこの先、永久に失われてしまうことを寂しがっているんだろう。

僕だってもちろん、それは同じだ。かれんと離れることだけじゃなく、丈のやつと離れ

ることを考えても、やっぱり寂しい。

でも僕らは、ずっと一か所で立ち止まっているわけにはいかない。いつかは前に進まなくちゃいけない。

ほんの何歩か進むだけで、これまでとは全然違った景色が目の前にひらけることだってあるのだ。

そう——ちょうど、あの鴨川《かもがわ》の展望台の階段をてっぺんまでのぼりきった瞬間、視界いっぱいに真っ青な海がひろがったように。

※

駅前のスーパーでガラムマサラを買って戻ると、四時を少し回っていた。かれんは、紫色に染めあがった布をひろげて竿《さお》に干《ほ》しているところだった。

火を止めてあったカレーの鍋を再び弱火にかけておいて、洗面所で手を洗いながら、

「もう終わったのか?」

僕が小窓から声をかけると、ふり返った彼女はどこから声がしたのかとあたりをきょろきょろ見まわし、僕を見つけてにっこりした。

「お帰りなさい」

丈がいたらまた冷やかされたろうなと思いながら、ただいま、と僕は言った。

「ずいぶんきれいに染まるもんだな」

「でしょでしょ?」と、かれんは言った。「午後いっぱいかかっちゃったけど、その甲斐《かい》はあったと思わない?」

「思う思う」

シソの葉の色素を吸って自然な紫色に染まった布は、決して派手ではないのにどこか華やかな感じがする。

「その布で何作んの」

「んー、考えたんだけど、こんど鴨川の……」

言いかけてハッとなり、かれんはちらりと丈の部屋の窓を見やってから、僕に目を戻した。

「持って行ってあげようと思って」

と、小声でささやく。

「おばあちゃんに?」僕も小声で言った。「持ってってどうすんのさ?」

「ほら、昔はお裁縫《さいほう》で暮らしを立ててたくらいの人じゃない?」

言いながら、かれんが干した布の端を洗濯ばさみで留めようと伸びあがった、その拍子に、着ているシャツのすそが持ちあがって白い肌がのぞいた。

「この前行った時にね、ホームの人たちとみんなでお手玉を作ったんだけど」

脇腹から背中へかけての、陶器のようになめらかな肌。

「おばあちゃんの縫《ぬ》うのがいちばん上手でね。みんなから感心されて、すっごく嬉しそうだったの」

足もとのカゴにかがみこんで、かれんは次の一枚を手に取った。

「こういう布だったら、これのほかにも今までに染めたのがいっぱいあるし……」

しわを伸ばしながら竿にかけると、再びシャツが持ちあがる。

「あとは針と糸さえあれば、好きな時にあれこれ作って遊べるんじゃないかと思って」

彼女はうつむいて洗濯ばさみを一つ取り、またも伸びあがった。

「新しく聞いたことはすぐ忘れちゃっても、手で覚えたことは忘れないのね。それって不思議だと思わない？」

いつか触れたあの肌の感触が、てのひらにありありとよみがえる。

「ショーリ？」

温《あたた》かくて、やわやわとしていて、

「ねえ、どうかした？」

それなのに弾力があって……

「ショーリってば！」

「うわぁははいッ、すいませんッ！」

見るとかれんは、けげんそうに眉《まゆ》を寄せていた。

「ねえ、どうしたの？」

「な、何がッ？」

声がみっともなくうわずってしまった。

「何がって、さっきからぼんやりしちゃって」

――助かった。何を見ていたかには気づかれないですんだらしい。

僕は咳払《せきばら》いした。「べつに、なんでもないよ」

「でも、口あいてたわよ？　ポカ〜ンって」

「そっ、そうかなあ？」声がまたうわずる。「これからは、き、気をつけるよ」

かれんはなおも不思議そうに僕を見ていたが、やがて肩をすくめ、足もとのカゴを拾いあげた。

「ね、いま何時？」

僕は腕時計をのぞいた。「四時半ちょい前」

「えー、まだそんな時間？」

「なんで」

「だって……」左の頬をぷくっとふくらませて、彼女は言った。「晩ごはんまであと二時間もあるー」

「うそ。もう腹へったとか？」

「ん」ちょっと照れくさそうに、彼女はうなずいた。「まだ大丈夫だけど、なんか、遠くのほう～ですいてきた感じ」

「まあ、昼からずっと外で動いてたもんな、お前」

ようやく平常心を取り戻して、僕は言った。

「よし、もうちょっと待ってろ。これまでで最高のカレー作ってやるから」

かれんの顔に嬉しそうな微笑がひろがった。

「ねえ、ご飯うんと炊いておいてね。私、いっぱいおかわりすると思うから」

「オッケ。任《まか》しとけ」

僕はキッチンへ行き、ふつりふつりと静かに煮えている鍋に、買ってきたばかりのガラムマサラをふり入れた。

木じゃくしで、ゆっくりとかき混ぜる。何度も、何度も、円を描くようにかき混ぜる。

カレーのうまさは、かき混ぜる回数にきっちり比例するのだ。

でも、そうしながら僕の目は、窓ごしに、庭の後片づけをしているかれんを盗み見ていた。どうしても彼女の一挙一動を追わずにいられなかった。

物干し竿には、彼女が染めた紫色の布が全部で三枚、夕方の風にひらひらとなびいている。

(ちぇ)

と思った。もうあとほんの一分、いや三十秒早く戻ってきていたら、かれんが一枚目を干すところから眺《なが》めることができたのに。一回ぶん、損してしまったじゃないか。

その一方で、僕は自分に言い聞かせた。まあ、そう焦《あせ》るなよ。一人暮らしを始めれば、あの程度の覗き見にこだわらなくたって、もっとすごい機会がめぐってくるかもしれないんだから、と。

もちろん、下心のためだけに一人暮らしをしようとしているわけじゃない。決してそうではないけれど、かといって、下心がまったくないといえば嘘《うそ》になる。というか、正直に言えば半分くらい下心かもしれない。もっと正直になると、六割くらいそうかもしれない。いや七割かも……。

夕陽《ゆうひ》の逆光の具合で、時おり、窓の外のかれんの姿がまばゆいシルエットになる。細くとがった肩先やまっすぐな脚《あし》はまるで少年のようでも、胸とか腰のあたりのなまめかしいラインはやっぱり、成熟した女性のそれに見間違えようもない。

　そうして僕は、ふと気づいた。

　こんなふうなヨコシマな考えを抱いても、かれんに対して、以前ほど罪悪感を覚えなくなっている自分に――。

2

　一年生の間に無理をして、一般教養課程のノルマを全部履修《りしゅう》しておいたのが正解だったらしい。おかげで二年になった今では、週三で午後いっぱい部活を入れても、金曜日だけはこうしていくらか早めに帰ることができるようになった。

　部活のない日に丸一日みっちり授業を受けなくてよくなっただけでも、去年よりだいぶ体が楽だ……と、言いたいところなのだけれど、これからはまたそうも言っていられなくなる。金曜の夕方と土・日の午後『風見鶏《かざみどり》』で働く以外にも、いいかげん何か割のいいバイトを見つけなければ、自分だけの力で一人暮らしなんかできるわけがないのだ。

学生部の掲示板でアルバイト情報をチェックしてみたものの、これといってめぼしいものがなかったので、隣の購買部に寄って情報誌を買った。ここでは本も雑誌も文房具も、街の書店の一割引で買える。

袋を小脇に駅までぼんやり歩いていたら、小雨がぽつぽつ落ちてきた。このところずっとこんな天気が続いている。どうやら梅雨《つゆ》入りも間近らしい。

改札を入ろうとしたところで、

「おーう、和泉ぃ」

ばったり会ったのは、陸上部の四年の先輩、ネアンデルタール原田《はらだ》だった。先輩のほうは今階段を降りてきたところだった。

横に広がった台形の顔の真ん中に、肉厚の鼻がデンとあぐらをかいている。もともとガタイがでかいうえに固太《かたぶと》りの先輩が、やや横歩きになって改札をすり抜けてくるのを待って、

「先輩、もうちょっと減量したほうがよかないスか？」と僕は言ってみた。「改札でつっかえて動けなくなったら、珍しがってテレビが取材に来ますよ」

「ふん。何とでも言えや」

先輩は鼻の穴をふくらませた。うっかりしていると吸いこまれそうだ。

「それよかおめぇ、もう帰んのか」

「もうって、三時半まわってますけど」と僕は言った。「先輩こそ、ずいぶんな重役出勤ですね」

「これから語学なんだよ。あーめんどくせ」

(四年で語学?)

と、僕はひそかに思った。そりゃ大変だ。語学なんてもの、たいていの学生は遅くとも三年までに(ほとんどは二年までに)ちゃっちゃっと履修してしまうのが普通なのだ。

「それよかよう、聞いてくれよ」と先輩はぼやいた。「起きたら、目覚ましの野郎、止まってやがってよう」

「自分で止めたんでしょ、どうせ」

「止めてねえよ」

「じゃあ誰が止めたんスか」

「……オレか、やっぱ」

目の前で先輩がため息をつくと、むうっと鼻をつくにおいが押し寄せてきて、僕は思わず顔をしかめた。

「先輩、ゆうべ相当飲んだっしょ」

「げ。やっぱ臭《にお》うかぁ？　ちゃんと歯ぁ磨《みが》いてきたんだけどな」

自分のてのひらの中にハーッと息を吐《は》いてくんくんかいでみながら、えらく情けない顔をする。

「ゆうべはゼミの連中と飲んだんだけど、なんでかすっかり悪酔いしちまってさあ。やっべえよ今日、午前中体育だったんだよ」

（四年で体育？）

と、僕は思った。大変どころか、それってちょっとヤバいんじゃないのか？

「あーあ、これでもうAは無理だわ」

「欠席一回くらいなら何とかなるんじゃないですか？」

「一回ならな」

「ええ？　何回休んだんです？」

「今日で三回目」

「あのね、先輩」僕はあきれて言った。「それってAは無理とかって問題ですか？　単位も危ないっしょうが」

「まあ、いざとなったらスキーガッコがあるしよ」テヘヘ、と照れ笑いをしながらふと時計を見て、「あ、やべ、遅れるわ」

じゃあな、と毛むくじゃらの片手をあげると、ネアンデルタール原田は相変わらず酒臭い息をまきちらしながら、僕が今来た地下道を歩いていってしまった。後ろ姿がフラフラ、ヨレヨレしている。すれ違うホームレスのおっちゃん達のほうが、よっぽど活力にあふれて見えるくらいだ。

なんとなくこっちまで二日酔いがうつったような気分で、僕は階段をのぼり、ちょうどホームに滑《すべ》り込んできた電車に乗って腰を下ろした。

ラッシュ前のこの時間、電車はほどよくすいていて、やがて走り出すと、細く開いた窓から生ぬるい風が入ってきた。

家々の間に見える緑の色はもうすっかり濃くて、そのせいだろうか、さっき原田先輩が口にした「スキーガッコ」という季節はずれの言葉だけが、いつまでも馴染《なじ》まずに耳の奥に残っている。スキー学校……。そう、必修の体育の単位を取るには、去年の僕のように(というかほとんどの学生がそうするように)毎週こつこつ授業に出るという正攻法以外にも、冬休みのスキー講座に集中的に参加するという方法があるのだ。先輩の言ったのはそういう意味だった。

(スキー、か……)

去年の暮れのことが頭に浮かんだ。みんなで野沢《のざわ》温泉まで滑りに行ったあの時から、も

う半年もたつのか。あっというまだったように思えるのに、その間、僕らの身のまわりには大きな変化がいくつもあった。あるいは、変化があったからこそ、こんなに早く過ぎたように思えるのかもしれない。

かれんとの仲たがいと、仲直り。

丈の受験と、光が丘西高合格。

妹・綾乃の誕生。

そしてこの週末には、とうとう、花村のおじさんと佐恵子おばさんがロンドンから帰ってくる……。

電車の揺《ゆ》れと、線路の鳴る単調なリズムに身を任《まか》せていると、やがてまぶたにとろりと重たい眠気が降りてきた。あらがわずに目を閉じる。どんなに熟睡しようが、乗り過ごしたことは今まで一度もない。目覚ましなんかなくたって、これと思った時間に目を覚ますのは、僕の場合、特技に近いのだ。

うつむいて目を閉じ、腕組みをした格好で、僕は眠りに落ちていきながら窓からの風をゆっくりと吸いこんだ。

湿った風は、どこか懐《なつ》かしい、いい匂《にお》いがした。

どんなことにだって、〈初めて〉ってものはある。

※

ハッと目が覚めたらそこは降りるべき駅の次の次で、おかげで僕は閉まりかけのドアに飛びつき、間一髪すり抜け、靴が脱げそうになりながら逆方向の電車に飛び乗らなければならなかった。何しろマスターは遅刻に容赦《ようしゃ》ないのだ。

途中から携帯で連絡を入れようかとも思ったのだが、なんとかぎりぎり間に合うんじゃないかと踏んだ僕は、商店街を猛ダッシュで駆け抜け、鉄の鋲《びょう》がいくつも打ちつけられたお馴染みのドアに、文字通り体当たりした。銅のカウベルがにぎやかに鳴るのと、壁の時計が四時半を指すのとは同時だった。

てっきり「遅い！」と言われるかと思ったのに、カウンターの中のマスターは、僕のほうを見もせずに言った。

「だから、まだ無理だってそれは」

マスターの正面に座《すわ》っている背中は由里子《ゆりこ》さんで、カウンターの向こう端に座っているのはなんと、かれんだった。由里子さんの丸顔がこっちをふり返る。

「あら、お帰りなさい」例によって全身黒できめた彼女は、ぜいぜい肩で息をついている

僕を見てにっこりした。「またお邪魔《じゃま》しちゃってまーす」

「いらっしゃい」

と返して、僕はカウンターのこっち側から奥へ入り、裏口の脇にある戸棚に自分の荷物を放り込んだ。息を整えながら、帆布のエプロンをひっぱり出して首にかける。

由里子さんは、去年の夏からマスターと一緒に暮らしている。でも、ここへ来る時はいつも〈客〉として来てくれる。マスターの恋人だからといって、自分までが僕の雇《やと》い主《ぬし》であるかのような態度は取らないし、かといって必要以上の遠慮もしない。彼女の持つそういう自然体の雰囲気は、もしかすると貿易会社でバイヤーとして働いていたという何年かの間におのずと身についたものなのかもしれない。

ロープのようなエプロンのひもを後ろでぎゅっと締め、殺菌効果のある石けんで手を洗い、ついでに水を一杯飲んで出てくると、かれんと目が合った。

学校帰りに立ち寄ったのだろう、隣のスツールに通勤バッグが置いてある。上品にくすんだパステルピンクの麻のセーターが、白壁に囲まれた店の中でポッと明るい。僕を見て浮かべた微笑はなぜか少しぎこちなかったけれど、かれんは小声で、いつものとおり、

「お帰りなさい」

と言ってくれた。

ただいま、と答える代わりに目だけで笑ってみせて、僕はそれから、ようやく店の中を見わたした。薄曇りの光がさしこむ窓際のテーブルに、二人ぶんのコーヒーカップと水のグラスがそのままになっている。ちょうど客が帰ったばかりらしい。

トレイを手にカウンターを出て、

「ちょっとごめんな」

かれんの真後ろをすり抜ける時、何げなさを装《よそお》って背中に触れようと伸ばした手を、僕はとっさに思い直して寸前で引っこめた。妙な力の入れ方をしたせいで指がつりそうになる。思わず、いてて、とつぶやくと、かれんが僕を見た。

「どうしたの?」

「あ、ううん。何でもない」

笑ってごまかしながら、僕はエプロンの陰で指を曲げたり伸ばしたりした。かれんの実の兄上がすぐそこにいると思うと、たとえ見られていないとわかっていても、やりにくいことこの上ない。

(ああ、早く二人きりになりてえ!)

と、もう何千回目かで思った。それにはまず、部屋だ、部屋。いや、その前にまず、金だ、金。頑張って稼《かせ》がにゃ、とトレイの上にカップとグラスと汚れた灰皿を山盛りのせて

いたら、

「あれもこれも一度にやろうとするなよ」

え？　と目をあげたが、僕のことではなかった。マスターは、今度もやっぱり由里子さんに向かって言っていた。

「物事には順序ってものがあるだろ」

「それはそうだけど」と由里子さんが言った。「時には思いきって実行に移すことも大事なんじゃないの？　エイッて飛び込んじゃえば、たいていのことは何とかなるものよ」

何の話だかさっぱりわからないが、いつになく深刻そうなことだけはわかる。

僕は、なるべく聞こえていないふりで、片づけた後のテーブルをていねいに拭《ふ》いた。ついでに椅子《いす》も拭いた。手持ちぶさたのあまり、使っていないテーブルや椅子や、しまいには窓まで拭いてまわっていたら、ふいに、クス、と笑う声が聞こえた。

「勝利くんが困ってる」

笑ったのは由里子さんだった。

僕は黙って、というか実際困って、ふきんを手につっ立っていた。

「ごめんごめん」と、彼女は言った。「今ね、おばあちゃまの話をしていたの」

「おばあちゃま？」

「そう。ヒロアキさんと、かれんさんのおばあちゃま」

ドキリとした僕がふいのことに何も言えずにいると、由里子さんはひと息おいて、とても静かに言葉をついだ。

「何とか、うちで引き取ることはできないかと思って……」

マスターが黙ってため息をついた。ずいぶん深くて長いため息だった。

どういう顔をしていいのかわからなくて、僕は、かれんのほうを盗み見た。彼女はうつむいて、コーヒーカップの中を見つめていた。横顔からは何も読み取れなかった。

マスターとかれんの関係を、由里子さんはもうとっくに知っているし、それどころか僕とかれんのことも知っている。もちろん、鴨川のおばあちゃんの存在だって知っている。

彼女は、最初にマスターからその話を聞かされた時、そのことをちゃんと僕にも話してくれた。

〈聞いたのに聞かないようなふりをしていたくなかったのよ〉

と言って。僕が由里子さんに対して、それまでにも増して信頼を寄せるようになったのは、そのことがきっかけだった。

なのに、どういうわけだろう。

いま突然、こうして由里子さんの口からおばあちゃんの話を聞かされると、なんだかあまりいい気がしなかった。少し前までは、マスターとかれんの身辺のことをすべて知っていたのは僕だけだったのに――〈誰にも言えない血のつながり〉という最も強い結びつきの間に入り込むことを許されていたのはただ一人、僕だけだったのに、いつのまにかそうではなくなっていたことを今さらのように思い知らされたせいだと思う。これまでの特権的立場を、由里子さんに奪われたような気がした。

もちろん、顔になんか出さなかった。それくらいの芸当は僕にだってできる。曲がりなりにも十九年間生きてきたのだし、そのうちのほとんどの時間を大人だけに囲まれて暮らしてきたのだ。

(頭を冷やせよ)

と、僕は自分に言い聞かせた。

(奪われたわけじゃないじゃないか。単に、由里子さんも同じものを手に入れただけのことだろ?)

でも、いずれにしても面白くないのには変わりなかった。自分でもケチくさいとは思うけれど、こうなってみて初めて気がついたことがある。僕は、かれんの秘密を僕だけが知っていると思うことで、ずいぶん救われていたのだ。次々に押し寄せる、いろんな不安から。

「引き取るって言葉自体、なんだか荷物みたいで好きじゃないんだけど」と、由里子さんは続けた。「要するに、こちらで一緒に暮らすことを考えたいと思ってね。昼間は私がみていてあげられるし」

「けど、彫金の仕事のほうはどうするんですか」と僕は言った。「今だって、昼間はしょっちゅう営業に回ってるじゃないスか」

「だろう？」と言ったのはマスターだった。「俺もそう言ってるのに、さっぱり聞きゃしない」

「だから、大丈夫だってばそれは」由里子さんはコーヒーを一口飲んで、カウンターに頬《ほお》杖《づえ》をついた。「これからはもっと落ち着いてやれるはずだから」

「どういうことです？」

「焦《あせ》って手を広げすぎたかな、って反省してるの。今まではあっちこっちのお店に頼んで作品を置かせてもらってたし、作るのから売り込むのまで何もかも自分で動いてたけど、そういうのって何ていうか……疲れちゃってね」

体力的なことを言っているのではなさそうだった。

「たいていのお店は、売れ筋のデザインのものばかり置きたがるし、現実にそういうものから先に売れていくわけよ」と由里子さんは言った。「それこそ、ブランド品のコピーみたいなのから、一過性の流行《はや》りのものまでね。でも、どんなに売れるからってせっせとそういう流れに合わせてばかりいると、私が本来作りたかったはずのものまで見失ってしまいそうになる……っていうか、せっかく彫金一本でやっていこうって決心した意味さえなくなっちゃいそうで。どんどん違うほうへ流されて行っちゃって、そのうち戻ってこられなくなりそうで怖《こわ》いの」

　かれんは、さっきから何も言わない。ただ食いいるように由里子さんを見ている。

「つまり、」とマスターが低い声で言った。「売れなくてもいいから自分の納得いくものだけを作りたい、と。そういうことか？」

「まさか」由里子さんはけろけろと笑った。「いくらなんでもそこまで傲慢《ごうまん》なこと言うつもりはないわよ」

「傲慢……なんだろうかな、それは」

「そう思うわ」

　カウンターの中のマスターをまっすぐに見あげて、由里子さんは言った。

「売れなくてもいいなんて思ったこといっぺんもない。だって私はなにも芸術作品を作ってるわけじゃないんだもの。アクセサリーでもオブジェでも、誰か気にいった人にそばに置いてもらいたくて作ってるんだから、売れてくれたほうがありがたいにきまってるし、

現実的なこと考えたって売れなきゃお金は入ってこないしね。でも……」

ふっと息をついて、由里子さんはカウンターのへりを指先でなぞった。

「もう少しゆっくりのほうが、私のペースに合ってる気がするの」

「ペース……」

つぶやいた僕のほうを見て、由里子さんはうなずいた。

「そう。自分なりのペース。じつを言うと私、今年じゅうにはお店を出そうと思ってるのよ」

「えっ、ほんとに?」

初めてかれんが口をはさむ。

「できればね」と、由里子さんは微笑《ほほえ》んだ。「ううん、『できれば』なんて言ってちゃ、いつまでたってもできるわけないわね。そう、頑張って実現させるつもり。場所のほうもいくつかは見当つけてあるんだけど、そっちはもう少しはっきりしたらまた話すわ。その時は、いろいろ相談に乗ってくれる?」

「え……ええ、もちろん」と、かれんは少しびっくりした様子で言った。「私なんかでお役に立てるのなら」

「何言ってるの、頼りにしてるんだから」と由里子さんは言った。「でね、もしもそれが

実現したら私、少なくともしばらくの間はオーダーメイドだけに絞《しぼ》ってやっていこうかと思って。要するに……」

ニコリとして、由里子さんはかれんの手を指さした。

「その指輪みたいに」

全員の視線が、いっぺんにかれんの指に集まる。

右手の中指。水色のアクアマリンと楕円形《だえんけい》の真珠のついた、二連の銀細工の指輪。裏側には日付けと一緒に〈S. to K.〉とイニシャルが入っている。言うまでもなく、それは僕が去年のクリスマスに（正確に言うと大晦日《おおみそか》に）かれんに贈ったものだった。世界でただ一つの指輪になるように、由里子さんに頼んで完全なオリジナルを作ってもらったのだ。

みんなが自分の手を見つめていることに気づくと、かれんはたちまち顔を赤らめ、左手で指輪を覆《おお》い隠すようにして胸に抱き寄せるしぐさをした。上目づかいにちらっと僕のほうを見て、目が合ったとたんに、例によって耳たぶまで赤くする。

「お……お前なあ」耐えきれなくなって、とうとう僕は言った。「そういう顔しないでくれる？　こっちまで恥ずかしくなるじゃないかよ」

ぷっ！　と由里子さんが噴《ふ》きだすのと、かッ！　とマスターが天井を仰ぐのが同時だった。

「やっとられんわ、バカモノ」とマスターは首をふった。「ったく、ぬけぬけと」

「えっ、俺はべつに何も、」

「ええい、暑くてかなわん。エアコンが壊れとるんじゃないか?」

由里子さんはなおもクスクス笑いながら、かれんに向かってごめんごめんと言った。

「お願い、そんなにまっかっかにならないで。違うのよ、私はべつにからかおうなんて思ったんじゃなくてね、その指輪みたいな幸せな作品をもっといっぱい作りたいって言おうとしただけだったの」

「……幸せな……作品?」

赤い顔のまんまのかれんが、おずおずと訊《き》き返《かえ》す。

「そう。考えてみたら、そもそも私が会社を辞《や》めたのも、彫金で独立したのも、理由は同じだったのよね。貿易の仕事は面白かったし、私に向いてたとも思うし、やりがいも充実感もあったけど……」

由里子さんは言葉を切って、かれんと僕を順に見た。

「ただ一つ足りなかったのは、お客さんの顔がじかに見えなかったってこと。誰のためにその品物を仕入れてるんだかはっきりしなかったことよ。私はね、『誰かのために』じゃなくて、『誰々のため』ってわかるような仕事がしたいの。お客さんの顔を自分のこの目

で見たいの。欲ばりかもしれないけど」

「まあ、欲ばりだとは思わないが」と、自分の口ヒゲを親指でこすりながらマスターが言った。「いささか偏屈《へんくつ》かな」

「偏屈、ねえ」由里子さんは、いたずらそうな目をして笑った。「いいじゃない、偏屈って。ほめ言葉だと受け取っておくわ」

マスターが黙って肩をすくめる。

「ね、考えてみて?」由里子さんはかれんのほうに身を乗り出した。「たとえば、私に似合う指輪と、かれんさんに似合う指輪は、同じのはずないわよね? で、そのことをもっともっと突き詰めていったら、持ち主が身につけた時にこそ最大の魅力を発揮する指輪ってものがあるはずよね? つまり——今あなたがしているその指輪はそういう作品なの。世界でたった一人のために生まれてきた、たった一つの幸せな作品なの。ええと、これって自意識過剰?」

急に顔を向けられたマスターは慌《あわ》てて、い、いいや、と首をふった。このひとにかかると、さしものマスターも形無《かたな》しだ。

「そうよね。だってそれ、私にとっても自信作だもの」

由里子さんは、僕を見てふふ、と微笑んだ。

「そういう幸せな作品を、一つずつていねいに作っていきたいの。ちゃんと、オーダーしてくれるお客さんの顔を見ながら。だから、お店は小さくていいし、一つの作品に充分な時間をかけられなくなるような仕事の受け方もしないつもり。……で、さっきの話に戻るわけだけど。ほら、おばあちゃまって、このまえ向こうでお会いした時思ったんだけど、ふだんの会話はごく普通になさるじゃない？　そりゃ同じ話を繰り返すくらいのことは、お年だもの、無理もないけど、頭は充分はっきりしてらっしゃるんだし。だったら、昼の間は私と過ごして、お店屋さんのまねごとも一緒に楽しんでもらって、ちょくちょくここにも遊びに来たりして。そんなふうな生活のほうが、おばあちゃまにとってもきっと楽しいんじゃないかと思っ……」

「わかったから」と、ふいにマスターがさえぎった。「きみの考えはよくわかった。しかし、焦ることはないんだ。ゆっくり考えよう」

いつになく強い口調だった。

「またそんな悠長なこと言って。ゆっくり考えてる間にも、おばあちゃま、どんどん年取ってっちゃうのよ？　もしものことがあったりしたらあなたきっと後悔す……」

ハッと口をつぐんで、由里子さんはかれんを見やった。

「……ごめんなさい。無神経だったわね」

かれんは、黙って首を横にふった。

さっきまでとは打って変わって、青ざめた面持《おもも》ちだった。

「とにかく、この話はしばらく保留」と、マスターは言った。「なに、大丈夫さ。ばあさん、あの通りまだまだ元気だし。ほら、ちょっとボケてるくらいのほうが長生きするって言うだろう？」

最後のほうは、かれんを元気づけるような口調だった。

かれんが目を上げて、微笑もうとする。微笑むことには何とか成功したが、どちらかというと、口の両端を上げてみせただけ、という感じだった。

無理すんなよ、と言いたくなる。二人きりでないのがもどかしい。いつだってもどかしいけれど、こういう時は平和な時の百倍、もどかしさが増す。

「ねえ、マスター。ココアもらってもいい？」

と、ふいにかれんが言った。

「ああ、もちろん。ホットか？」

「んー、アイスにする」

ちょっとお手洗い借りるわね、と明るく言って、かれんが奥へ消えた後——由里子さんはマスターを見あげて、ひどく気まずそうな顔をした。

「面目《めんぼく》ない」と、彼女は言った。「ついヒートアップしちゃって。言わなくてもいいことまで言ったわ」

マスターはヒゲの奥でわずかに微笑んだ。

「ま、いいさ。気にするな。それより……おう勝利、いつまでそこに突っ立ってるんだ。お前も何か飲みたきゃ、勝手にいれて勝手に飲めや」

ありがたいんだかありがたくないんだか、よくわからない言われようだ。とりあえずぺこりと頭を下げて、僕はカウンターの中に入った。

さんざん走ったせいで、まだのどが渇《かわ》いている。こういう時はコーラでも飲むかなと冷蔵庫に手を伸ばしかけたところで、ふと、かれんのバッグが椅子からずり落ちかけているのに気づいた。

カウンター越しに身を乗り出して、落ちないように直してやる。中に入っていた本の背表紙がちらりと見えた。『……護福……の本』? 奥に隠れて、字がよく見えない。読み取ろうと首を横に傾《かたむ》けた、その時だった。カラン……と入口のカウベルが鳴る音に、反射的に「いらっしゃいませ」と言いながら、僕は目を上げた。

心臓がこちこちに固くなるのがわかった。

入ってきたのは、星野《ほしの》りつ子だった。

「こんにちは」

元気よく言って、星野りつ子はマスターと由里子さんに会釈《えしゃく》をした。

一瞬の間があった後、

「なんだか、しばらく会わなかったわねえ」と由里子さんが言った。「すれ違ってばっかりだったのね。元気だった？」

「ええ、そりゃもう」

屈託《くったく》なく見えるけれど、厳密には星野は〈元気だった〉わけじゃないし、由里子さんとなかなか会わなかったのも、すれ違いだったわけじゃない。星野が『風見鶏』に寄ること自体がずいぶん久しぶりなのだ。

「これからバイト？」

と由里子さんが訊くと、

「ええ、五時からなんです」

言いながら、星野は由里子さんの隣のスツールに腰かけた。彼女は以前から、すぐ近くのレンタルビデオ店でバイトをしている。

「今日は代返を頼める授業ばっかりだから、一日さぼっちゃった」星野はぺろっと舌を出した。「部活も休みの日だし」

「あら、マネージャーさんって毎日じゃないの?」

「ほかの部員と同じで、週三でいいんです。私は月・水・木。たしか和泉くんも今日はオフよね」

　星野は僕の顔をまっすぐに見た。

「あ、うん」

　なんとか目をそらさずに踏《ふ》み止《とど》まったものの、僕は内心、はらはらしていた。背後のドアが……かれんが入っている洗面所のドアが気になってたまらない。何しろ、かれんと僕がつき合っていることを星野に打ち明けて以来、この二人が鉢合わせするのは初めてなのだ。いつかのように、それじゃお邪魔しましたあ、とか言ってすぐ帰ってくれないだろうかと祈ったのだけれど、星野は言った。

「えっと、ブレンドをお願いします」

　かれんのココアをいれていたマスターがうなずき、僕に向かってあごをしゃくった。

　僕は、ひそかにため息をついて、豆の缶を手に取った。

　仕方がない。こうなったら腹をくくるしかなさそうだ。今日でなかったとしても、いつかはこんな時が来るはずなんだし……と、豆をミルに入れようとして、ふと思いついて言った。

「星野お前、カフェオレにしとけば?」

するとと彼女は、くりくりした目でじっと僕を見た。

「うん。じゃ、そうする」

なぜか、嬉《うれ》しそうにも寂《さび》しそうにも見える笑顔だった。

僕が豆を挽《ひ》き始めた、その時だった。洗面所のドアが開く音がした。星野の姿をみとめたかれんが、はっと立ち止まる気配がする。カウンターの向こうでは、星野が息をのむ気配……。

目を上げられなかった。どっちの顔を見るのも怖かった。事情を知らない由里子さんかマスターが何か関係ないことをしゃべってくれたらと思うのに、こんな時に限ってどっちも何も言ってくれない。数秒が、永遠にも思える。

「おい」

と、マスターにこづかれて飛びあがった。

「豆」

「……は?」

「豆だよ豆。いつまで挽いてる気だ」

「……あっ!」

やばい、と慌てふためいてミルを止めたのだけれど、遅かった。少し粗《あら》めに挽かないとこの豆のうまさは引き出せないのに……こんな、片栗粉並みに細かく挽いたんじゃ使いものになりゃしない。

「す……すいません」

うなだれた僕を、マスターはじろりと横目で見ただけで何も言わなかった。言われないぶん、よけいにこたえた。それは、〈二度目はないぞ〉と言っている目だった。

でも、その間にかれんと星野は何となく挨拶《あいさつ》をすませてくれていた。

もちろん僕だって、いきなり取っ組み合いが始まるなんて思っていたわけじゃない。猫のけんかじゃあるまいし、いくら星野がふだんから突拍子《とっぴょうし》もない行動に出るやつだといったって、それなりに場をわきまえた対応くらいはして当然だろう。ただ、かなり気まずい雰囲気は漂うに違いないし、皮肉の一つ二つは覚悟しなくちゃならないだろうな……そう覚悟していた僕は、星野の態度にかなり驚いた。

「お久しぶりですぅ」

と、星野はものすごく明るく言ったのだ。カウンターのこっち側の隅《すみ》に腰かけたかれんを、由里子さん越しに覗《のぞ》き込むようにして、

「ねえねえ、いきなりですけど、かれんさんのそのセーターすっごく素敵」

「え……これ?」

びっくりしたように口ごもった後、かれんはちょっと気弱に微笑んで、どうもありがとう、と言った。

「ちなみに、どこのですかそれ?」

「どこのって、べつに……普通の、そのへんのお店のだけど」

「あ、そうなんだ? てっきりどっかDCブランドのかと思っちゃいました」と星野は言った。「やっぱり着る人が着ると何でも素敵に見えちゃうんだ。いいなあ」

そんなこと……と、かれんはまた曖昧《あいまい》な笑みを浮かべた。ほめられているのに、なんだか責められているような顔だ。

と、

「そうじゃないわよ、りっちゃん」由里子さんが横から口をはさんだ。「かれんさんの着てるセーターが素敵に見えるのは、それが彼女に似合ってるからよ」

「それはそうでしょうけど……」

「じつは、ちょうどあなたが来る前まで似たような話をしてたとこなの」由里子さんは、ね、と僕らを見た。「誰にでもその人にだけ似合うものがあるはずだって話。りっちゃんだったら、そうねえ、もっと主張の強い色が似合うと思うわ。デザインも、かなり個性的でも洋服に負けずに着こなせると思う。でも逆に、かれんさんにはそういうのはあんまり似合わないでしょ？　ちゃんと公平にできてるものなのよ」

ホイップクリームの上にココアの粉をかけ終わったマスターが、かれんの前にコトッとカップを置く。

「悪い、星野、もうちょっと待っててくれな」

と僕が謝ると、彼女は肩をすくめて言った。

「ううん、いいからゆっくりやって」

ゆっくりなんかやっていたらそれだけこの苦行《くぎょう》が長くなる。僕はできるだけ急いで（というか集中して）カフェオレをいれようと努めた。まわりの会話に気を取られるあまり、このうえミルクを噴きこぼれさせでもしたらマスターにクビを言い渡されてしまう。

でも、こういう状況の中で手元に集中するのは至難の技だった。いつもだったら、アッサム・ティーとロイヤルミルクティーとエスプレッソとモカ・マタリを同時にいれながら次の客のオーダーを取ることだってできるのに、たった一杯のカフェオレにこれほど緊張しようとは思わなかった。

ようやく星野の前にカップを置いたころには、ぐったりと消耗していた。店まで走ってきた時の疲れがいっぺんに出たという感じだった。

カフェオレを飲んでしまうまでの間、星野はもうあまりしゃべらなかった。由里子さんと僕らがどうでもいいことを話すのを、黙って聞いているだけだった。

やがて時計を見て彼女は立ちあがり、カウンターに百円玉をいくつか置いて、じゃあまた学校でね、と出ていった。

ドアが閉まってカウベルが鳴り終わり、窓の外でこっちに手をふる星野を見送った後になって、

「……驚いた」と、由里子さんが言った。「彼女、ずいぶん痩《や》せちゃったのね。最初入ってきた時、ちょっと言葉が出なかったくらい」

みんな黙っていた。マスターもかれんも、同じことでショックを受けているように見えた。

あれでも、一番ひどかった時よりはマシになったんですよ。

そう言いかけて、僕はやっぱり口をつぐんだ。それを言ってしまうと、星野が痩せたそもそもの事情からすべて話さなければならなくなる。

そう――じつを言うと、星野の食欲はいまだに元に戻ってはいないのだ。僕が見ている前では何とか頑張って食べようとするのだが、

〈ふだんはほとんど、スズメの餌《えさ》くらいしか食べないんです〉

星野と親しい橋本《はしもと》さんは言うのだった。

〈痩せたくて我慢してるわけじゃないって言い張るんです。本当におなかがいっぱいで食べられないんだって。そんなはずないのに。前なんか、私より食いしんぼだったくらいなのに〉

星野が言うには、何を食べても味がしないのだそうだ。壁土をかんでいるように味気なくて、何ひとつ美味しいと思えないのだ、と。

僕がさっきカフェオレをすすめたのも、そういう事情だった。それでなくても空《から》っぽの胃に、ストレートのブレンドはよくないんじゃないかと思って。

もしも今――星野に向かって、原因は僕なんだろ、と問いただしたとしたら、彼女はきっと首を横にふるだろうと思う。何しょっちゃってんの？　とか言って笑い出すかもしれ

ない。

　でも、僕にはわかっていた。星野がものを食べられなくなったのは……つまり、彼女が自分の置かれている現状をうまく飲みこめなくなってしまったのは、もとはといえば、僕が彼女の気持ちを受け入れてやれなかったのが原因なのだ。それだけがすべての原因ではないかもしれないが、少なくとも、大きなきっかけではあるのだ。

　さぞかし、自惚《うぬぼ》れの強い男のたわごとに聞こえるだろうと思う。でも、事実なんだからしょうがない。どうしてこんなことになってしまったんだか、我ながら信じられないくらいだけれど。

　そんなこんなで、このところ僕は、学校や部活の帰りにちょくちょく星野と一緒にメシを食うようになっていた。小さい子供に食べさせるみたいに根気よくつき合ってやっていると、星野は一時間くらいかけてどうにか一人前のパスタを腹におさめることができるのだった。

　そして、僕はそのことをかれんには話さなかった。聞かせたらまた変に心配させるだけだと思ったからだ。たとえばネアンデルタール原田とメシを食ったからって、いちいち家に帰ってかれんに報告するわけじゃない。それと同じで、星野とメシを食っていることをかれんに話さないのは、僕が星野のことをただの友人と考えていることの何よりの証拠なんだ……と、誰よりも自分に言い聞かせながら。

言《い》い訳《わけ》がましいと、自分でも思う。

実際には、原田先輩と星野が同じであるはずがないのだった。先輩とメシを食おうが、酒を飲もうが、部屋に転がりこんで一晩泊まろうが、あるいは極端な話（考えたくもないことだが）朝まで同じ布団で抱き合って寝ようが――僕はかれんに対して、これっぽっちも後ろめたさなんか感じやしないだろう。けれど、星野が相手だとそうはいかない。ほんとうは、食事どころか二人きりで話すだけでもどこか後ろめたいのだ。並んで歩いているところをかれんに見られようものなら、きっと頭の中が言い逃《のが》れの言葉でいっぱいになるに違いないのだ。

いったいどうしてなんだろう？　と、僕は思った。

僕が好きなのが、この世でかれん一人だけなのは掛け値なしの本心なのに――どうしてこんなに後ろめたいんだろう？

どうして僕は、星野との食事のことをかれんに話さないんだろう？

※

『風見鶏』のバイトを終えて家に帰ってみると、ドアに鍵を差し込んだところで中からか

れんが開けてくれた。

「よかったー。そろそろ帰ってくる頃かなーって思って、ちょうどお味噌汁《みそしる》を火にかけたところだったの」

「あ、いいよいいよ、自分でやるから」

かれんが口をとがらせたのを見て、慌てて付け足す。

「だってさ、お前と丈はもう済んだんだろ？　休んでろよ」

「ううん、ショーリこそ向こうで休んでて」と、かれんは言った。「丈はね、『もう飢え死にする、ああ死ぬ、すぐ死ぬ』ってあんまりうるさいから先に食べてもらったけど、私はまだなの」

「え、なんで」

「なんでって……」

ショーリを待ってたからにきまってるでしょ、と、かれんがもごもご言う。

僕は思わず笑ってしまい、手を伸ばしてかれんの頭をくしゃくしゃと撫《な》でてやった。こういうところがたまらないんだよな、と思う。いつまでたっても、彼女は恋をしている自分に慣れない。しょっちゅう恥ずかしがったり照れくさがったりしている。

「じゃあさ、一緒に手伝うよ」

と、僕は言った。

佐恵子おばさんが前回帰ってきた時スパルタで仕込んだせいで、かれんは、このごろではどうにか自分でメシを炊《た》き、味噌汁くらいは作れるようになった。だから僕は、バイトの帰りが遅くなる日には、朝のうちにメインの惣菜《そうざい》を作っておくだけで済んでいる。今夜の味噌汁も、かれんが自分でダシから取って作ったのだ。

とは言っても、いざ食ってみると、ワカメはびろびろとどこまでもつながっているし、おわんの底から煮干《にぼ》しの姿煮は現れるしで、

「まだまだ駄目《だめ》ね」と、かれんはため息をついた。「母さんが帰ってきたら、またしごかれそう」

そうだ。明日の夜にはもう、花村のおじさんと佐恵子おばさんが帰ってくるのだ。

「何時に迎えに行くんだっけ?」

「あ、言うの忘れてた」と、かれんは言った。「迎えに来なくていいって、昨日電話があったの。荷物もあるし、空港からタクシーに乗っちゃうから大丈夫だって」

「そっか……」

二人とも、なんとなく黙ってしまった。いよいよ——本当に、いよいよ、この生活が変わってしまうのか。

「なあ」

「ん？」

「由里子さんの言ってた、おばあちゃんの話だけどさ」

揚げたばかりの一口カツに箸《はし》を伸ばしかけていたかれんの手が、止まった。

「あれ、本気なのかな」

「……ん。たぶん」

かれんが手を引っ込めてうつむく。

「それって、マスターの気持ちを思ってのことかな、やっぱ」

「……そうね。たぶん」

「なんだよ、元気ないじゃん」

「……ん。たぶん」

ぼんやりとつぶやいた彼女を覗き込んでやると、

「あ……え？　何、やだ、私のこと？」我に返ったかれんは慌てて、箸を持ったままの手を顔の前でぷるぷるとふった。「元気なくなんかないわよ、ほら、もうぜんぜん元気」

僕は、ため息をついた。

「お前って、つくづく嘘《うそ》ヘタな」

かれんが、黙ってしゅんと下を向く。

僕は、もう一度ため息をついた。

「いったい、何考えてる?」

かれんは困ったような顔をした。

「そんな……べつに何も、」

「考えてない、とか言うつもりじゃないよな」

彼女の唇がきゅっと結ばれる。

僕は、茶碗と箸を置いた。

「いっつもそうじゃん、お前」

「え?」

「俺って、そんなに頼りにならない?」

「そ、そんなこと」

「なら、なんでいつも一人で考えこんで、一人で答出そうとするわけ?」

「…………」

「頼むから、少しは相談してくれよ」

と僕は言った。

「いつかお前が言ってたみたいに、自分でできることは極力自分でやるようにしたいって気持ちはよくわかるよ。俺だって、お前のそういう考え方は見習わなくちゃいけないと思ってる。けどさ、人に甘えて頼りきるのと、人の意見を参考にするのとは全然別のことだろ？　そうやって何にも話してくれないで一人で悩まれると、俺なんか、」

要《い》らないいんじゃないかと思っちまうよ、と言いかけて、とっさに言葉をすり替えた。

「かえって心配になっちまうよ」

もちろん——言うまでもなく——飲みこんだ言葉のほうが本音だった。でも、それを口に出すのはあまりに情けないいんじゃないかと思った。僕がそう言えば、かれんはきっと、〈そんなことないわよ〉と強く否定してくれるだろう。否定するとわかっているのに、わざわざそれが聞きたくて口に出すなんて、あんまり不甲斐《ふがい》ないじゃないか。それに比べたら、たとえば〈捨てないでくれ〉と泣いてすがるほうが、素直なぶんだけまだマシかもしれない。

「……あのね」

と、かれんが言った。彼女も茶碗と箸を置く。

「ほんと言うと、昨日今日のことじゃないの。ほんとは、このところ、ずうっといろいろ考えてたの」

「知ってる」

かれんが、びっくりしたように目を上げる。

「そんなの、気がつかないわけないだろ?」と、僕は半ばあきれて言った。「お前は忘れてるかもしれないけど、俺、お前のこと好きなんだぜ?」

かれんがまじまじと僕の顔を見る。

「おい。まさか、ほんとに忘れてたなんて言うんじゃ」

「まさか。……あ、じゃなくてええと、その……」ごにょごにょ言って、かれんは遅ればせに頬を赤くした。「で、でもショーリってば、何だか今日、大胆」

「お前と足して二で割ればちょうどだろ」

と、僕は言った。いいかげん大胆にでもならなけりゃ、いつまでたっても彼女の本音を聞くことなんてできやしない。

「で? ずうっと考えてたって、何をさ」

「う……ん」

かれんは、うつむいてスカートの薄い生地をいじった。

「なんていうかね。近頃ちょっと、わかんなくなってきちゃったの。いったい私は、本当は何がしたいのかなあって」

「それって、教師のほかにって意味？」

「ん。……そもそも、美術の教師の仕事自体、私に合ってるのかどうか、考え出したら自信が持てなくなってきちゃって」

学校で何かあったのか？　と訊いたのだが、かれんは首を横にふった。

「べつに何もないわよ。授業中居眠りもしてないし、教頭先生とだって、そこそこうまくやってるし」

「え、うそ。どうやって」

「なるたけ顔を合わさないようにして」

僕がぷっと噴きだすと、かれんも小さく笑った。

「でもね」と、彼女は言葉を継いだ。「もしかすると、毎日あまりにも何にもないから、かえってよけいなこと考えちゃうのかもしれない」

片側に首をかしげながら、かれんは考え考えゆっくりと話した。

「このごろ、何をしてても落ち着かないの。頭と手と足がぜーんぶばらばらに動いてる感じ。やってることと気持ちがうまく重なり合わなくて、やっと一日が終わってもまだ何か大事なことをやり残してるような気がするの。いくら考えたって、べつにやり残したことなんてないのにねえ」

「それって、一種の五月病みたいなものなんじゃなくて?」

かれんは、反対側に首をかしげた。

「わからない。もしかするとそうなのかもしれないけど……でも今日、由里子さんのこと見てたら、なんだか焦っちゃって。あんなふうに、本当に好きなことを仕事にできるのっていいなぁって」

「美術の教師は、あんまり好きじゃないわけ?」

「そういうわけじゃ、ないんだけど」

かれんは、ますます困ったようにスカートをしわしわにした。

「ええと……もう少し正確に言うとね、たぶん私、由里子さんが好きなことを仕事にしてるのがうらやましかったんじゃなくて、まあそれもあるけど、それよりも、自分の仕事にあんなに自信を持ててることがうらやましかったんだと思うの。そういうのって、私には今まで一度もないことだから」

「なんでだよ」僕は驚いて言った。「お前の授業、みんなからすごく人気あったじゃないか。今だってそうだろ? 絵が好きなわけでもないのに美術を選択する生徒、いっぱいいるだろ? 少なくとも、教頭の書道を選択するやつの五倍はいるんじゃないか?」

かれんは少し微笑んだけれど、何も言わなかった。

「そりゃあさ、由里子さんはたいした人だと思うよ」と僕は言った。「なんたってあのマスターを惚《ほ》れさせるくらいなんだし。けど、お前よりか歳《とし》だってだいぶ上なんだし、立場も経験も違うんだから、そんなに焦ることないって。だいたい、人と自分を比べて焦るなんてお前らしくないんじゃないの」

「……私らしく、ない？」

「そうさ」

「それって、」

と言いかけたものの、かれんは途中で思い直したように口をつぐんだ。

「……そうね。そうかもしれない」

ひとりごとのようにつぶやくと、彼女は目を上げ、僕を見てくしゅっと笑った。

「なんだか、うまく説明できなくて。自分でもよくわからないくらいだもの、聞かされる方はもっとわからないわよねえ」

「いや、そんなことないよ」と僕は言った。「ちゃんと説明してくれてるよ」

そう、彼女はちゃんと言葉にしてくれている。問題は、僕が彼女の言っていることをきちんとわかってやれないことなのだ。もちろん、かれんが〈何を〉悩んでいるのかはわかる。わからないのは、彼女が〈どうして〉そんなことで悩むのか、なのだった。かれんの

美術の授業はほんとうに魅力的だったし、あれは彼女にしかできない授業だったと思う。彼女自身だって、その仕事を楽しんでいるように見えたのに……。

「いいの、いいの」と、かれんが言った。「あんまり気にしないで」

「気にするよ」

「ううん、ほんとに大丈夫だから。もともとたいしたことじゃないのよ。ショーリの言うとおり、ただの五月病なのかもね。こうして聞いてもらったら、なんだかだいぶ楽になっちゃったし。……やだ、すっかりさめちゃった。お味噌汁、あっためて直す？」

「いや。いいよ」

「じゃあほら、食べよ食べよ」

そう言われて、僕はまだ何となく釈然としないまま再び箸を取り、ぬるい味噌汁をすすった。

このお肉すごぉく柔らかいね、と、かれんが言う。

ちゃんと中まで火ィ通ってるか、と僕が訊く。

そんなふうに二人きりで向かい合ってメシなんか食っていると、丈のセリフじゃないけれど、ちょっと新婚さんみたいだった。

僕の言った下らない冗談に、かれんが声をたてて笑う。僕は、茶碗越しにちらりと彼女の顔を盗み見た。どうやら心から笑っているらしい。

ようやく安心した。

彼女が何かをごまかしていたら、僕に見抜けないはずはないのだから。

3

――花村の家を出ようと思ってるんだ。

翌日の午後、僕が和泉の家に行って親父《おやじ》と明子姉ちゃんの前でそう切り出した時、二人とも、最初はぜんぜん驚かなかった。〈花村の家を出る〉＝〈和泉の家へ戻ってくる〉という意味だと思いこんでいたからだろう。

そうじゃないんだ、と僕は言った。一人で暮らしてみようと思うんだ、と。花村のおじさんと佐恵子おばさんが帰ってくるのは今夜。その前に、親父たちとはきちんと話をつけておきたかったのだ。

たぶん親父は猛反対するだろう、と、話す前から覚悟はしていた。二年と少し前、花村家に僕を押しこんだ時のあれこれからもわかるとおり、親父はこうと決めたらけっこう頑固なのだ。

　でも、親父と明子姉ちゃんはまだ正真正銘の新婚さんだ。僕みたいなオジャマ虫がいるよりは、綾乃をはさんで親子三人のほうが、誰にも気をつかわないで済むだけ楽だろう。いくら親父がえらそうに息巻いていても、きっと明子姉ちゃんは僕に味方してくれるに違いない……そんなふうに思っていた。

　けれど、ふたを開けてみたら、僕の予想は思いっきりはずれていた。猛反対したのは、明子姉ちゃんのほうだったのだ。

「どうして急にそんなこと言うの？」

　さっきから黙りこくって腕組みしている親父の隣で、明子姉ちゃんは言った。

　育児疲れでいくらか痩《や》せたのと、最近髪を短く切ったせいもあって、福岡《ふくおか》で再会した時と比べるとだいぶ若く見える。綾乃を抱いて、親父と並んで座《すわ》っているのを見ると、まるで父親のもとに里帰りしている娘と初孫みたいだ。

「勝利くんと一緒に家族四人で暮らせるの、すっごく楽しみにしてたのに」明子姉ちゃんは怒ったように言った。「もしかして、私に気をつかってるの？　だったら、」

「そうじゃないってば」と僕は笑って言った。「何て言うか……もっとずっとシンプルな話でさ」

　ソファから立ちあがると、僕は向い側に座った明子姉ちゃんの腕から綾乃を抱きとり、そっとゆするようにしてあやした。

　柔らかな髪の間から地肌が透《す》けてみえる。わずかに汗ばんだ首筋のあたりから、酸《す》っぱいお乳の匂《にお》いとベビーパウダーの甘い匂いが混ざりあって立ちのぼる。

　大きな瞳でしげしげと僕を見上げているこの赤ん坊が、半分とはいえ血のつながった自分の妹なのだと思うと、いとおしさに息苦しくなるほどだった。それは、かれんに対する感情ともまた少し温度の違った、もっと慈愛に近いいとおしさだった。

「ほら、俺ってこれまで一人暮らししたことないしさ。親父が九州《きゅうしゅう》行く時も一人で暮らすって言ったのに、結局阻止《そし》されて花村の家に放り込まれたろ？　まあ今ではそのこと、けっこう感謝もしてるわけだけど」

　ちらりと親父のほうを見やると、親父はフン、と馬鹿ばかしそうに鼻を鳴らした。僕が何のことを言っているのかわかったらしい。

「ほんとに、気をつかってるわけじゃないんだ」と僕は続けた。「四人家族ってのに憧《あこが》れる気持ちは俺にだってあるよ。子供の頃からこの家に三人以上の人間が暮らすなんてなかったことだし、そういうのってにぎやかでいいと思うし」

「ならどうして」と明子姉ちゃんが言う。「ここにいたって、べつによけいな干渉《かんしょう》なんかしないわよ？　一人暮らしと変わらないじゃない」

「自分の力でどこまでできるか、やってみたいんだよ」と僕は言った。「誤解しないでほしいんだけど、四人で暮らすのがいやなんじゃないよ。ただ単に、一人でやってみたいだけなんだ。まあ、何だかんだ言っても一番の理由は、親父はわかってると思うけど」

明子姉ちゃんが、驚いたように親父を見やる。

「どういうこと？」

親父は、苦《にが》い顔で僕をじろりとにらむとようやく口をひらいた。

「お前まさか、けしからんことを考えとるんじゃないだろうな」

「何だよそれ」

「だからつまり、あー……あの子を部屋に連れ込んでだな、そのう、不届きな行為に及ぶというかだな……」

言葉を選べば選ぶほど、かえってイカガワシク聞こえる。

「勝利くん、彼女いるんだ？」と、明子姉ちゃん。

「いるよ」

言いながらふと、〈彼女〉という呼び名はあまりかれんに似合わないような気がした。〈彼女〉とか〈恋人〉とかいうより、かれんは僕にとってとにかく、かれんでしかないのだ。たったひとつのものに、別の呼び名はいらない。

「ったく、人聞きの悪いこと言うなよ」

僕は親父をにらみ返しながら、綾乃を抱き直した。

自分だって明子姉ちゃんと〈不届きな行為〉に及んだ結果、こうして綾乃が生まれてきたんじゃないか、と思ってみる。はたから見れば不届きだろうと不適切だろうと、本人たちはその瞬間、どこまでも真剣だったに違いないのだ。そういう気持ちを知らないわけでもないくせに、よくもまあ息子のことをとやかく言えるもんだ。

「いいかげんなことは許さんぞ」と、親父はなおも言った。「あの子はな、とにかく何としてでも幸せにならにゃいかんのだ。お前がそれをぶち壊すようなことをしたら、俺は、亡くなった先輩にも花村にも顔向けが……」

「わかってるよ」

「本当に、わかってるのか」

「ねえ、どういうことなの？」と、明子姉ちゃんが重ねて親父に訊《き》く。「あなた、勝利くんの彼女を知ってるの？　花村さんに顔向けできないってどういう意味？」

親父はじっと僕をにらんだまま、何も答えようとしない。

なんで黙ってるんだ、と僕は思った。知ってるも何も、相手はあの花村かれんなのだとはっきり教えてやればいいじゃないか。いや、そもそもどうして今になるまで明子姉ちゃ

んに黙ってたんだ。自分の女房じゃないか。

と、綾乃がむずかるような声をたてた。ハッとなって、抱いている腕をゆるめる。知らない間に力が入ってしまっていたらしい。

まだぐらぐらしている首を痛めたりしないように、小さな後頭部を支えてそうっと明子姉ちゃんの腕に返しながら、

「そりゃあ、花村のおじさんたちには黙っといてくれって頼んだのはこっちだしさ」と、僕は親父に言った。「これまでずっと、その約束を守ってくれたことはありがたいと思ってるよ。けど……明子姉ちゃんにだけはいつか当然、親父のほうから話が行くもんだと思ってた」

明子姉ちゃんがますますけげんそうに僕と親父を見比べる。

「それを、あえて今まで秘密にしてたのはどういうわけ? 自分の女房を信用してないわけじゃないだろ? 現実的に考えたって、明子姉ちゃんから花村のおじさんたちのほうに秘密がもれるはずないんだし」

親父はまだ黙っている。

僕は、ため息をついた。

「要するに、信用されてないのはこの俺ってことなんだよな? 俺とかれんの仲が一体い

つまで続くか疑わしいとか思って、それで当分の間はじぶ……」

「ええええっ？」

と、ふいに明子姉ちゃんが声をあげた。あんぐりと口をあけて僕の顔を見あげ、親父の顔を見やり、また僕の顔を見て、

「まさかそ……えええええっ？」

僕はそっちに向かって一つ二つうなずいておいて、続けた。

「それで、当分の間は自分の胸にしまっておこうとか考えてくれちゃったわけだよな。ご親切にも」

「勝利、お前……」親父は不機嫌そうに言った。「親に向かってそういう皮肉っぽい物の言い方はよさんか」

「皮肉なんだから皮肉っぽくて当然だろ」と僕は言い返した。「だいたいそんなハンパな気のまわし方、明子姉ちゃんに失礼だと思わないのかよ。明子姉ちゃんだけじゃない、かれんにだって失礼だよ。あいつの性格は親父もよく知ってるだろ？　いいかげんな気持ちでホイホイ男とつき合ったり、すぐに心変わりしたりするようなやつじゃないってことくらい、昔からずっと見てきた親父ならわかってるはずじゃないか」

「…………」

「そりゃまあ、親が親だから？　息子を信じられないのはしょうがないとしてもさ。だからってあいつのことまで軽く見られたんじゃ、俺としては正直アタマにくる」

「誰が軽く見てるなどと言った」と親父。「確かにな。あの子の性格はよくわかってる。だからこそ、腑《ふ》に落ちんのだ」

「何が」

「あの子は、もう少し賢い子だと思ってたんだがなあ」

「どういう意味だそりゃ」

「いったい、お前なんぞのどこが良かったのやら」親父はやれやれと首をふった。「彼女なら、さがせば他にいくらでもいい男がいるだろうに」

「それってそっくりそのまま、前に俺が明子姉ちゃんに言ったセリフじゃないかよ」

「お？　そうだったかな」

親父はすっとぼけた。いや、もしかすると本当に忘れているのかもしれなかった。自分に都合の悪いことほどさっさと忘れていくのは、昔からの親父の特技だ。

「しかし、よりによってお前が相手とはなあ」親父はなおもしつこくぼやいて、伸びかけの不精ひげをぽりぽりとかいた。「どう考えても、自分から苦労をしょいこむようなものじゃないか」

「苦労ったって、問題になるのはせいぜい年のことくらいだろ」

その〈年のこと〉を、僕自身がどれほど気にしているかについては、今は言わないでおく。

「俺が最初に話した時はべつに反対しなかったくせに、なんで今になってそんなこと言い出すんだよ。あの時は自分が明子姉ちゃんと一緒になれるかどうかの瀬戸際だったから、それで俺に強いこと言えなかったんだろ」

「ばかもん、何を言うか。今だってべつに、頭から反対しとるわけじゃない。ただあの子の場合はだな、その……」

「わかってるよ。生まれのことだろ」僕は先回りした。「でも、それは何とかなる。自分がその秘密を知ってるってことを、あいつがおじさんたちに打ち明けたくないなら、べつにこのまま何も言わないでおいたっていいんだ。いざとなったらイトコ同士のまんまだって結婚はできるんだから」

「けっこんん?!」親父の声が裏返る。「お前、いくら何でも気が早すぎるぞ」

「今すぐなんて言ってないだろ?!」僕はいらいらしながら言った。「ただ単に、可能性のことを言っ」

「ねえ、ちょっと待って」

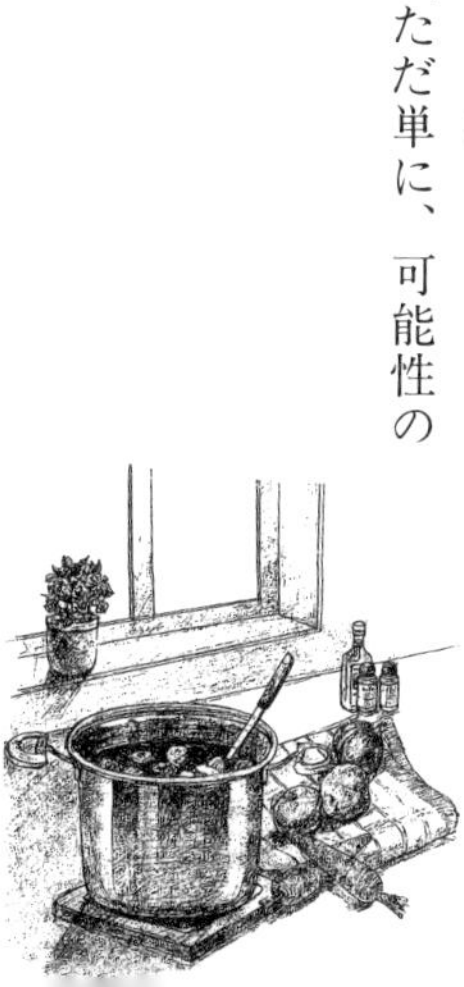

僕も親父もハッとなってそっちを見た。

指先でこめかみを押さえるようにして、明子姉ちゃんはもう一度つぶやいた。

「ちょっと待って。私、頭が混乱しちゃって、何が何だか……」

「あ……ご、ごめん」

僕は慌《あわ》てて謝った。いつのまにかテンションが上がり過ぎて、彼女を置いてきぼりにしていることに気づかなかったのだ。

抱かれている綾乃は、あたりの雰囲気を察知したのか、親指をくわえて何やら不服そうに鼻を鳴らしている。重たそうに抱きかかえ直すと、明子姉ちゃんは僕らをじっと見比べて言った。

「その話……私はこのままここで聞いていてもいいのかしら?」

「当たり前じゃないか」と僕は言った。「なあ親父」

「あ、ああ。もちろん」

「そう?　じゃあ言わせてもらうけど、私の前で話すなら、私にもわかるように話してくれない?」

ぐっと詰まった親父が、まるで救いを求めるように僕を見る。

「な、なんでこっち見んだよ」と僕は言った。「こういうことは亭主から説明すんのが筋ってもんだろ」

「そんなのどっちだってかまわないから」ぴしゃりと明子姉ちゃんが言った。「とにかく勝利くん、もういっぺんそこへ座って。正利《まさとし》さんも、ちゃんと最初から順序だてて説明してちょうだい」

怒っている女の人に（それも赤ん坊を腕に抱いて怒っている女の人に）抵抗できる男なんかいやしない。

僕は素直にソファに腰をおろし、親父は親父で叱《しか》られた子供みたいな顔をして、やがておとなしく話しだした。

「もう、三十年近くもたつんだな……」

花村のおじさんと二人、同じ大学の野球部にいた時代に世話になった先輩がいたこと。卒業し、それぞれが結婚してからも、家族ぐるみのつき合いが続いていたこと。けれど二十年と少し前、その先輩夫婦が車を路肩に寄せていた時、対向車線から飲酒運転のトラックが突っ込んできたこと。一緒に乗っていた子供たち二人だけが助かったものの、上の男の子は別の親戚へ引き取られ、ほかに引き取り手のいなかったかれんを花村のおじさんたち夫婦が養女として育てることにしたこと。丈が生まれてからも変わることなく、かれんが本当に愛されて育ったこと……。そして、一応は〈イトコ〉であるそのかれんと今つき

合っているのだと僕から聞かされたのは、初めて明子姉ちゃんを僕に引き合わせたあの博《はか》多《た》での夜だったこと……。

その先は、僕のほうが詳しかった。

じつは、かれん自身は自分の生《お》い立《た》ちを全部知っているんだ、と僕は言った。ただ、ここまで育ててくれた花村のおじさんや佐恵子おばさんを傷つけたくなくて、何も知らないふりをし続けているだけなんだ、と。

ちなみに丈のやつも三年ほど前から知っていて黙っているのだと言うと、明子姉ちゃんよりも親父のほうが驚いた。どうやら、丈なんてまだまだコドモだとばかり思いこんでいたらしい。まあ、気持ちはわかる。

ずっと生き別れになっていたかれんの兄貴が、光が丘駅前商店街のはずれにある喫茶店『風見鶏』のマスターであること、いま僕はその店でバイトをしていること、かれんも丈もよくその店でだべっていることなどを、僕はひとつずつ明子姉ちゃんに話していった。かれんとマスターにとっての実のおばあちゃんが房総《ぼうそう》鴨川の老人ホームにいることや、そのおばあちゃんの時間が事故当時のまま止まってしまっていて、今はかれんのことを娘のセツコだと思いこんでいることも、そしてマスターと暮らしている恋人の由里子さんが、おばあちゃんをこっちへ引き取ろうと言い出していることも……。

「正直なところさ。もう、限界なんだ」

と僕は言った。

「花村のおじさんや佐恵子おばさんが、かれんをどんなに可愛がってるかはよくわかってる。自分の娘と同じに……っていうか、ある意味じゃ自分の娘以上に大事に思ってるんだろうし、何とか早いうちにいい相手を見つけて幸せな結婚をさせてやりたいってのもわかる。かれんの性格を考えれば、ボーッとしてるうちに嫁に行き遅れるなんて可能性は充分考えられるもんな。けど——だからこそ、今はまだ俺らのこと、おばさんたちに知られるわけにいかないんだ。いま話したところでよけいな心配かけるだけだし、俺にしたって、いくらもうすぐ二十歳《はたち》だって現実的には半人前もいいとこだしさ。でも……今までみたいに、佐恵子おばさんがロンドンからちょくちょく帰ってきてた時でさえ、いつバレて大騒ぎになるかと思ったら気が気じゃなかった。あの家で世話になってる以上、恩を仇《あだ》で返すみたいなこともできないし。あ、いや、あの家を出たら何してもいいと思ってるわけじゃないよ」

慌てて弁解したのは、親父の鋭い視線に気づいたせいだ。

「そういうわけじゃないけど、でも、少なくともあの家で下宿人をやってる間は俺、何にもえらそうなこと言えない。そんな状態で一人前の口たたいたって、冗談にしかならない

ような気がするんだ」

「でも」と明子姉ちゃんが言った。「そのことと、この家に戻ってこないこととはどこでどうつながるの？　一人暮らしをしない限り一人前にはなれないって言うつもり？　それって逆に言えば、一人暮らしさえすれば一人前だと思ってるってことにならない？」

「そうじゃなくて」

思わず声が大きくなってしまった僕は、綾乃の黒々とした瞳がきょろんとこっちを向いたのを見て、慌てて口をつぐんだ。どう話せば、思っていることがちゃんと伝わるのだろう。ひとつ深呼吸をして、息を整える。

「明子姉ちゃんも、親父もさ。博多にいた頃、もしもお互いがそれぞれ家族と一緒に暮らしてたとしたら、どんなふうにつき合ってた？」

二人ともが、戸惑ったように顔を見合わせる。

「実際にはお互い一人暮らしだったわけだろ？　二人っきりになりたいと思えば、何の障害もなかったはずだよな？　好きな時にどっちかの家に行ける。誰にも邪魔《じゃま》されないですむ。……っていうか、たとえ家族と住んでいたって、二人とも大人同士なんだから、いざとなったらちゃんとしたホテルに泊まることも、週末に旅行することもできただろ？　けど、そういうことが全然できなかったらどうだっただろうって考えてみたことある？」

親父も明子姉ちゃんも、微妙な顔で黙っている。

「これ、べつにスケベったらしい意味で言ってるんじゃないんだ。相手があいつじゃ、それこそ温泉旅行のタダ券付きで『さあ泊まって頑張ってこい』って言われたとしたって、すんなりいくとは思えないしさ。だから俺が言ってるのは……たとえば、あいつがすごく落ち込んでる時とか、泣いてる時とか……おまけにその原因が俺だったりしたらもう最悪だよな、そういう土壇場《どたんば》で、どこにも二人きりになれる場所がない、ゆっくり落ちついて、きちんと話せる場所がないってことが、どれくらいつらいことかわかるかってことなんだ。俺は、この二年間でよぉーくわかったよ。もう充分だよ。さっき『限界だ』って言ったのは、つまり、そういう意味」

二人とも、しばらく何も言わなかった。

綾乃だけが、一人で懸命に何かおしゃべりしている。

僕は外の庭を見やった。昔おふくろが植えた花木――桜、レンギョウ、ライラック、バラやアジサイやギボウシなどなど――が好き放題に生い茂って、地面をほとんど覆《おお》いつくしている。こんなに狭い庭だったっけな、と思ってみる。

と、ふいに親父が言った。

「で？　花村には、お前から話すつもりなのか？」

ぼそりと発せられた親父の言葉が僕の頭の中で意味をなすまで、たっぷり一秒半くらいかかった。

びっくりして見ると、親父は仏頂面《ぶっちょうづら》でテーブルの真ん中へんを眺《なが》めていた。

「う……うそ。じゃあ許してくれんの?」

「まだそうは言っとらん」

「……なんだ」

「言ってはおらんが、」親父は言葉を切って、ひとつため息をついた。「俺の許しがあろうとなかろうと、お前はどのみち好きなようにするつもりだったんだろう」

奇妙な表情をしていた。疲れたような、何かをあきらめたような、けれどかすかに笑っているようにも見えなくはない親父の横顔を、隣で明子姉ちゃんが気づかわしげにうかがっている。

「いや、それはないさ」と僕は言った。「今んとこは俺、親父に扶養《ふよう》してもらってる身だから」

「身だから、何だ」

「まあ、弱い立場なわけでさ」

「はん。こりゃまた殊勝なことを言うもんだな」

「だって実際そうだろ」と僕は言った。「この先バイトを増やせば、一人暮らしの家賃と食費くらいは何とかなるとしたってさ。親父から『そんな勝手は認めーん！』とか『お前の学費はもう出さーん！』とか言われたら、今の俺にはどうしようもないわけだよ。だからって、家を出るために大学をやめるとなると、」

「勝利くん！」

と明子姉ちゃんが慌てる。

「もののたとえだってば」苦笑まじりに僕は言った。「やめやしないよ。それじゃ本末転倒だってことくらいわかってる。だいいち、かえってややこしいことになるだけだし」

「ややこしい、とは？」

と親父。

「俺一人の問題じゃ済まなくなるってことだよ」と、僕は言った。「よくある『大学くらいは出とかなきゃ』なんて考えは下らないと思うけど、そういう話じゃなくてさ。これは俺の意地でもあるわけ。だって、恋愛に目がくらんでその程度の我慢も判断もできないような男に、花村のおじさんたちが大事な娘を任《まか》せてくれるとは思えないだろ」

親父は、じろじろと僕を見ている。まるで値踏みするかのような視線だ。

「いずれにしても、」と僕は続けた。「今度のことは、花村のおじさんたちが何ひとつ不思

議に思わないくらい穏便《おんびん》に済ませなけりゃ意味ないんだ。俺があの家を出たがる本当の理由を、おじさんたちに打ち明ける準備ができてない以上はさ。でないと、へたすりゃあいつを——かれんを巻き込むことになっちまう。だから……」

僕は、ごくりとつばを呑《の》み込んだ。

「だから、親父がもしどうしても一人暮らしなんか駄目だって言うなら……」

「言うなら？」

「俺は、あきらめてここへ戻ってくるしかない」

「…………」

親父はなおもしばらく僕を眺めていたが、やがてふいっと視線をそらし、隣の綾乃に目をやった。明子姉ちゃんの腕の中で、綾乃はいつのまにか寝入っていた。口をぽっかりと半びらきにした、幸せそうな寝顔だった。

「お前、」綾乃を見つめたままの姿勢で、親父が言った。「アルバイトを増やすなんぞと簡単に言うが、学業のほかに部活動やら何やらがあって、それでまともにやっていけるのか」

「やってってみせるよ」と僕は言った。「本気になりゃ何とでもなるって」

「馬鹿もん！　ろくすっぽ計画も立てずに、何が『本気になりゃ』だ。そういうのを本気と言うなら、お前の本気はずいぶんと甘っちょろいもんだな」

　ぐっと詰まった僕を見て、親父は、やれやれと首をふってうつむいた。

　深いため息をつく。

「――じつはな」と、親父は言った。「四月に向こうへ戻る前の日に、佐恵子さんがこの家に来てな」

　親父は、意味深な顔つきで僕に目を戻した。それきり黙っている。

　僕は、急に暴れ出した心臓を必死になだめながら言った。

「それで、何だよ?」

　親父は、フン、と何度目かで鼻を鳴らした。

「掃除・洗濯・料理」

「え?」

「お前が家事全般何でもこなせる男になったのは、この俺様のおかげだぞ」

「はあ?」

　僕はあっけにとられて親父を凝視した。何の話だ、いったい。

「お前はしょっちゅう俺に、家事を手伝えだの、親父はタテのものをヨコにもしないだのとブツブツ小言《こごと》ばかり言っとったが、この俺がわざとそうしむけて教育してやったおかげ

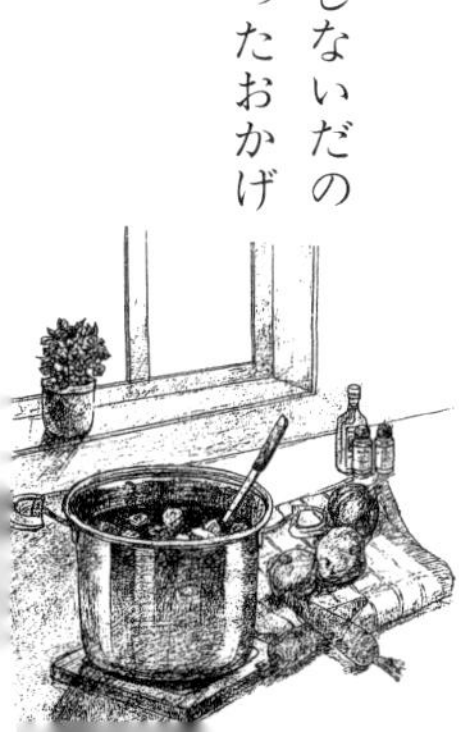

で、見ろ。今になってどれほど重宝《ちょうほう》しとるか」

見解の相違ってのはおそろしいもんだなと思いながら、僕は言った。「なんか、話がよく見えないんだけど」

「佐恵子さんが言うには、だ。この二年半ほど、お前はあの家で期待以上によくやってくれたと。だから下宿代はいらない、すべてこっちに返すから、お前の学費の足しにでもしてくれ、とまあそう言うんだな。いや、そういうわけにはいかんと俺は言ったんだが、花村と相談して決めたことだからと、頑として聞きゃしない。せめて半分だけでもおさめてくれと言っても、もうとっくの昔にお前の名義で口座を作って別にしてあるからと、通帳やら印鑑やら、そっくり渡されてなあ」

「…………」

あまりのことに何も言えずにいると、

「私、思うんだけれど」

明子姉ちゃんが静かに口をひらいた。

「佐恵子おばさまね。きっと、あなたの叔母《おば》だからというより、亡くなった和泉のおばさまの代わりとして、あなたに何かしてあげたかったんだと思うの。あなたが良くやってくれたことへのお礼にかこつけてはいるけど、ほんとは何よりも先に、姉の忘《わす》れ形見《がたみ》であるあなたに何かしてあげたいって気持ちがあったんじゃないかしら」

　おだやかな口調だった。死んだおふくろへの遠慮や気おくれなんかとは無縁な、でも、とても自然で落ち着いた……。

　そうか、親父はこう見えてもちゃんと明子姉ちゃんのことを大事にしてるんだな、と思いながら、僕は黙って自分の両手を見おろしていた。そうでなければ、明子姉ちゃんがおふくろのことをこんなふうに優しく口にしてくれるはずがない。

「まあ、そこまで言われて、むげにつっ返すわけにもいかんしな」と親父は言った。「いっそ、お前には内緒にしといてぱーっとゼイタクでもしてやるかと思ったんだが、」

「うそばっかり」

　と明子姉ちゃんが笑う。

「もとより当てにはしとらんかった金だ。佐恵子さんは学費の足しにと言ったが、そっくりそのままお前のアパート代の足しにしたとしても、べつに文句は言わんだろう」

「……親父」

「ふん。我ながら大甘《おおあま》だとは思うが、ま、へたにアルバイトなんぞ増やして留年されるよりかえって節約になるかもしれんしな」

「…………」

「この家でみんな一緒に暮らしてみたかったけど」と、明子姉ちゃんが言った。「しょうがない、あきらめるとするわ。そのかわり、時々は綾乃のお守りを頼んじゃうかもよ」

さっきからずっと自分の手を見つめたままでいた僕は、うつむいたままうなずいた。そうするしかなかった。うっかり顔をあげたりしたら、何かがあふれてしまいそうだったのだ。

「で、もう一度訊くが」と親父が言った。「あの家を出ること、花村には誰が話す？　俺から話すか？」

必死の努力で、僕はどうにか普通の声を押し出した。

「いい。自分で話すよ」

※

花村家は、そんなに小さな家じゃない。和泉の家よりも広いくらいだ。

でも、おじさんと佐恵子おばさんが帰ってきたとたん、家の中はいきなり狭く感じられるようになった。

二年半ぶりに丈と対面した花村のおじさんは、これが本当に自分の息子だとはなかなか信じられない様子だった。二年半で二十センチ近くも背が伸びたのだから当然かもしれない。

一方、丈のやつは得意の憎まれ口で、こう大勢がひしめいてると暑苦しくて息が詰まりそうだの何だのと文句を言っていたが、それでも、僕ほどの息苦しさは感じていなさそうだった。これまた当然かもしれない。何といっても自分の親なのだから。

そうして、かれんは――

彼女は、僕を気づかってか、ちょっとした機会があるごとに僕に微笑《ほほえ》みかけたり、話を振ったりしてくれていた。佐恵子おばさんが食事の支度をすませると、前みたいに僕を部屋まで呼びに来てくれたりもした。相変わらず、中に入ってはこなかったけれど。

例の預金通帳についてのお礼はもとより、この家を出る件に関しても、僕はなかなかおじさんたちに話すことができなかった。

勇気が出なかったわけじゃない。きっかけがうまくつかめなかったのだ。

かれんや丈がいるところで切り出す話ではないような気がした。とにかく最初は、おじさんとおばさんと三人だけになったところで、きちんと話がしたかった。

その機会をうかがいながら、僕は、授業と部活の合い間になんとか暇を見つけては、これから暮らす部屋をチェックしてまわった。場所については、光が丘の駅と大学との間ならどこでもいい。その沿線にこだわるわけは、『風見鶏』のバイトに通う都合と、あとは

もちろん、かれんのためだった。彼女が学校帰りに気楽に立ち寄れる場所でなければ、わざわざ部屋を借りる意味が半減してしまう。

そのほかに満たすべき条件としては、南向きだとかカド部屋だとかそんなことではなくて、とにかく、まともなキッチンがあることと、清潔な風呂がついていること、その二つだけだった。

キッチンがなくては、かれんにうまいものを食わせてやれない。風呂もないような部屋で、彼女とどうこうなるわけにはいかない。

世の男の中には、とにかくやれりゃ何だっていい、あんなものにロマンを求めるのは女だけだなんて言うやつらもいるけれど、少なくとも僕はそうじゃない。僕自身がロマンチックなものを求めているというよりも、かれんのために、かれんの喜ぶことをしてやりたいと思うだけだった。彼女のいやがることは何一つしたくなかった。

自分が特別フェミニストだとは思わない。特別優しいとも思わない。ただ単に、かれんを不快にさせることが僕にとっても不快だというだけの話だ。

でも——。

探し物というやつはどうして、探せば探すほど見つからないんだろう。

住宅雑誌はもとより、不動産屋の前を通りかかるたびに窓ガラスに貼《は》ってある物件を端からチェックしたのだけれど、僕の条件に合った部屋はなかなか見つからなかった。そんなに多くのことを望んでいるとは思えないのに、話だけ聞くと良さそうに思える部屋も、実際に見せてもらってみると予想より狭すぎたり、暗すぎたり、うるさすぎたり、駅から遠すぎたりした。

望んでいないつもりで、これでもまだ多くのことを望みすぎているのかもしれない。もっといろんなことをスッパリあきらめなければ、部屋なんか永遠に見つからないのかもしれない……。

いいかげん弱気になってきた、そんな時だった。

ある広告が目に飛び込んできたのだ。

4

その日、午前中の授業を終えた僕は、久しぶりにラーメンでも食おうと思い立って駅へ向けて歩き出した。

学食のメニューにだって一応ラーメンくらいあるけれど、あんなふやけたゴムみたいなしろものをわざわざ金を出して食おうとするやつの気が知れない。おごってやると言われ

たって御免だ。

そんなわけで、僕の足は自然と『来々軒《らいらいけん》』へ向かっていた。ちょうど原田先輩がバイトに入っている日だとわかっていたが、この界隈《かいわい》で一番うまいラーメン&ギョーザライスの誘惑《ゆうわく》のほうがネアンデルタールの恐怖よりはわずかにまさっていたわけだ。

ところが、『来々軒』へと続く近道は運悪く道路工事中だった。なまぬるい風に乗ってコールタールのにおいが漂《ただよ》ってくる。

そのへんのカレー屋あたりで手を打とうかと少しだけ考えたものの、僕は結局、遠回りしてでも『来々軒』へ行くほうを選んだ。今さら予定を変更するには身も心もすでに中華一色に染まってしまっていたのだ。豚骨《とんこつ》と鶏《とり》ガラが渾然《こんぜん》一体となった、あのコクのある醤《しょう》油《ゆ》スープ。いったん食いたいと思い立ったが最後、何が何でも食わないことには気がすまない——『来々軒』のラーメンには、そんな不思議な引力がある。

百メートルほど先まで歩いていって、ぐるりと右へ回り込む。いつもはあまり通らない道だけに、ついきょろきょろしてしまう。

ずらりと立ち並ぶ居酒屋やカラオケ屋の店先は、今のこの時間、まだしっかりと閉ざされていた。夕方からはにぎわう通りなのだろうが、その時間帯に僕がこのへんでぐずぐずしていることはまずないので、どうにも想像がつかない。

一番街
買入
いづみや

と、いきなりドンッと誰かにぶつかって、

「あっすいません！」

痛《い》ってぇ……と右肩を押さえながらふり返ったら、何のことはない、相手はただの電柱だった。

思わずあたりを見回してしまった。どうやら誰にも目撃されずにすんだようだ。

〈ちゃんと前を見て歩けよ〉

なんて、いつもは僕がかれんに言っているセリフなのに、もしかして自分でも意識しないうちに彼女に影響されつつあるんだろうか。長く一緒にいる夫婦がお互いに似てくるという話は聞くけれど、それにはいくらなんでも早過ぎる。

苦笑と痛みをこらえつつ、右肩をさすりさすり歩き出そうとした時だ。視界の端に何か白いものが引っかかってふり返った。

貼《は》り紙《がみ》だった。

◎貸アパート　入居者募集
2DK・バス付き　45000円
敷金2・礼金なし

環境抜群　交通至便
最寄《もよ》り駅まで徒歩五分
詳細は下記へ ☞

目の奥に鈍い痛みを覚えて我に返った。力をこめて凝視しすぎていたらしい。

電柱の目の高さに貼られたその貼り紙はまだ真っ白で、一度も雨に濡《ぬ》れたことがなさそうに見える。〈最寄り駅〉というのはいったいどこなんだろう。ここに貼るということは学生をねらってのことだろうから、まあそんなに遠くではないだろうけれど。

（詳細は下記へ、か……）

下のほうに、〈森下《もりした》〉という名前と電話番号が書かれている。

ほとんど迷うことなく携帯を取り出すと、僕は、ひとつひとつ番号を押した。不動産屋の担当が森下という人なのか、それともこれは大家の名前なのか、いずれにしてもまだ入居者が決まっていないのなら見るだけ見せてくれと頼むつもりだった。

携帯を耳にあてながら、もう一度貼り紙に見入る。

この貼り紙に書かれていることがすべて本当だとすれば、四万五千円というのは破格の安さだ。部屋が二つにダイニングキッチンと風呂までついて、おまけに礼金がゼロだなん

て信じられない。今まで僕が見てきたキッチンやバス付きの部屋はどれも、狭い１ＤＫでさえ五万円以上したし、もちろん礼金と敷金はそれぞれ二か月ぶん必要だったのだ。

八回目のコール。……なかなか出ない。

こんなに安いのには何かワケがあるんだろうか、と僕は思った。まさか、前の住人が部屋で首吊《くびつ》ったとかいうんじゃないだろうな。

十一回目のコール……。十二回目……。

舌打ちをして携帯を耳から離しかけた時だった。

『もしもしー』

しわがれた声が、のんびりと応《こた》えた。

『どちらさまぁ？』

七十過ぎぐらいの爺《じい》さんだった。えらく声が大きい。この感じではどうやら不動産屋ではなさそうだ。

「ええと、はじめまして」と僕は言った。「森下さんのお宅ですか？」

『ああン？』

番号を間違えたかな、とちょっと不安になりながら、僕は負けじと声を張りあげた。

「もりしたさんの、おたくですかあっ？」

『ああ、そうだけどー。どちらさまぁ?』

「和泉といいます。貼り紙を見て電話してるん……」

『ああン?』

「はりがみをみて、でんわしたんですけど!」

『違いますぅ』

と爺さんは言った。

「そうじゃなくて!」僕は腹に力を入れて怒鳴った。「貸アパートの貼り紙を、」

『さっぱりわからん』

ゴチッと音がして焦《あせ》ったのだが、切られたわけではなかった。どこか遠くのほうで、ヒロエー! ヒロエー! と叫ぶ声がしている。

しばらくすると女の人の話し声と、それに答えて爺さんが『知らん、貸したらパァになった針金がどうとか言うとぉる』と怒鳴るのが聞こえ、それからようやく受話器を取りあげる音がした。

『もしもし、お電話代わりましたが』

しっかりした、若々しい女性の声だった。

少なからずほっとして、僕は言った。

「すみません、貸アパートの貼り紙の件でお電話したんですけど」

『あら！　どうもどうも』

と彼女（たぶんヒロエさん）は、明るいハスキーヴォイスで言った。

『ええと、あなたは学生さん？』

僕は最初から自己紹介をやり直し、じつは光が丘から大学までの間で部屋を探しているのだと言ってみた。

『あら、それならぴったりよ、そのお部屋』

僕は生返事をしながら、ひそかに気を引き締めた。これまで、この手の美辞麗句《びじれいく》に乗せられていい思いをしたことはいっぺんもなかったからだ。

でも、話をよく聞いてみると、とりあえず〈ヒロエさん〉の言ってることは嘘《うそ》ではなさそうだった。そのアパートがあるのは、光が丘と大学とを結ぶ沿線のちょうど真ん中へんの駅だった。急行も準急も停まらないけれど、それはどうでもいい。光が丘から十五分、大学まではほぼ二十分。バイトにも通学にも好都合の距離だ。

『すっごくいいお部屋なのよ』

と、〈ヒロエさん〉は言った。

『じつは昨日も学生さんを一人案内して、部屋自体はとってても気にいってくださったんだけど、ただねえ……』かすかにため息をつく気配がした。『じつはここ、ちょっとした条件がついてて』

「条件？」

やっぱりな、と僕は思った。世の中そうそうウマい話が転がってるわけはないのだ。

「条件ってあの、どういう？」

『うーん……まあ、それはまた後でにしましょう』と彼女は言った。『とりあえず部屋を見てもらわないことには何も始まらないし』

いや、できれば先に聞かせて下さい、と僕が言うより先に、

『あなた今、どちら？』

「は？」

『今どこにいるの？』

「大学の近くですけど」

『このあと時間ある？』

「え、このあとすぐですか」

『何か約束でもあるの』

「約束っていうかその、午後の授業が」

『ああ、なら大丈夫ね』

「えっ。でも、」

『そうねえ、一時半に現地まで来てくれない？』

「いやしかし、」

『じゃあ駅の改札を出たとこで待ち合わせね』

「あの、ちょっ」

『私、迷彩柄のTシャツとオーバーオール着てるからすぐわかると思うわ。それじゃまた後で、一時半に』

「あ、もしもし！　もしも……」

僕は、切れた携帯をぼんやり見下ろした。なんてせっかちな人なんだろう。それより何より、なんで僕はこう、人のペースに巻き込まれやすいんだろう。

そういえばこっちの携帯番号さえ訊《き》かれなかったけれど、もしすっぽかしたらあの人はどうするつもりなんだろうな、と僕は思った。

ぐぐぅ……と思い出したように腹が鳴った。

時計を覗《のぞ》き見る。

どうやら、『来々軒』はあきらめるしかなさそうだった。

※

ものの値段にはわけがある。高ければ高いなりの、安ければ安いなりの理由がちゃんとある。

そのアパートは、駅から徒歩五分……と言い切るのには少々無理があるんじゃないかと思うけれど、それでも僕の足で七、八分歩けばたどり着けるところにあった。まわりはこぎれいな住宅街で、裏手に神社の森が迫っている。緑は多いし、静かだし、表通りまで出ればコンビニもある。確かに環境の面では申し分なかった。

部屋は二階の東南の角で、日当たり良好。全体の間取りはちょうど田の字の配置になっていて、六畳のフローリングの洋室と四畳半の和室が南側のベランダに面し、北側には玄関を含む四畳半のダイニングキッチンと、トイレが一緒になったユニットバスとが並んでいる。壁紙や畳はどう見ても新品だったし、キッチンも風呂もまだ誰にも使われた形跡がなかった。どうやらリフォームしたばかりらしい。

なのに――こんなに何から何まで条件のそろった部屋なのに、どうしてこうも安いのかといえば、それにもやっぱりちゃんとわけがあるのだった。

「大家のほうから申し入れがあり次第、一か月以内に部屋を空《あ》けていただくこと……。それが、この値段でこれだけの部屋を貸す条件なの」

案内してくれた〈ヒロエさん〉はそう言って僕を見あげ、ちょっと厄介《やっかい》でしょ、と唇を曲げてみせた。

じつを言うと、さっきから僕は少しばかり緊張している。

迷彩柄のTシャツとオーバーオールなんて言うし、電話の声の感じからも若い人だとばかり思っていたのだけれど、実際のヒロエさんは四十を過ぎているかいないか微妙なあたりで、なのに、勝ち気な感じの笑顔が少女っぽくてキュートだった。小柄で、ほっそりしていて、でも女王蜂みたいに腰だけがくびれた体型で……なんというかその、なんとも形容しがたい不思議な色気がある。

改札で会ったとき渡された名刺には、『有限会社ウッディランド』という社名と並んで『専務　森下裕恵《ひろえ》』とあった。

何かコメントしないと悪いかと思った僕が、とりあえず、

〈専務なんてすごいですね〉

と言ってみると、彼女は短くクスクスッと笑った。

〈別にすごくなんかないわよ。社員は、社長も入れてたったの三人ですもん。ダンナが社

長で私が専務、一人だけいる若いのが営業部長。笑っちゃうでしょ〉

　そういう話し方をする女性とじかに会ったのは初めてだった。そういう、というのはつまり、ちょっと芝居がかった話し方という意味だ。テレビのトーク番組なんかで女優が話す時みたいな、そう、女性としての自分の魅力を充分に自覚している人特有のコケティッシュな話し方だった。母音の一つひとつにまで笑《え》みが含まれている。

　でも、不思議なことにあまりイヤミな感じは受けなかった。ヒロエさんのそれは、下品な媚《こび》とかへつらいなどとは無縁だった。お色気たっぷりではあっても、どこかさばさばとしていて、とにかく僕が今までに会ったことのある同じくらいの年齢の女性たちの中には決していなかったタイプだった。

　とまあそういうわけで、僕は部屋の中を見てまわりながらも、背後にヒロエさんがいるせいで緊張していたのだ。

「なるほどね、そういうことかぁ」黙っているのが気づまりだったので、僕はとりあえずしゃべることにした。「確かにちょっと厄介ですね。いい部屋だけど」

「でしょう？」

「その、一か月以内に出るって条件は、つまりあれですか。本来ここに入居するはずだった人がその気になったらすぐに住めるようにとか、そういうことなわけですか？」

「あら」ヒロエさんは目を丸くした。「そうなの、まったくその通りよ。どうしてわかったの？」

「そんなの、誰だって想像つきますってば」と僕は笑った。「っていうかまあ、この間まで自分ちを人に貸してたせいもあるかな。親父《おやじ》が転勤してたあいだ、期限つきで貸してたから」

「ああ、そういうこと」
二、三度うなずいたヒロエさんが、洋室の南に面した窓を大きく開け放つ。続いて彼女が和室の窓を開けようとしている間に、僕は、キッチンの流しの上の窓を開けた。気持ちのいい風が部屋から部屋へさあっと抜けていって、何となくほっとした。
「そうなのよねえ。ほんとにいい部屋だし、いつまでも空けておくよりは借り手を見つけたいのはやまやまなんだけど……」

声のするほうへ戻ってみると、ヒロエさんは和室の東側の窓枠に腰かけていた。大きめのオーバーオールの中で細い体が泳いでいる。

「正直、私としてもお客さんに勧《すす》めにくいのよ。何せほら、安い家賃で長く貸してあげられるかもしれないかわりに、へたをすると入居したとたんに出て下さいってことにならないとも限らないわけでしょう？」

「どういう人なんですか」

「誰が？」

「その、この部屋に入居するかもしれない人って」

「ああ。……うーん、知りたい？」

「そりゃまあ」と僕は言った。「すぐにでも追い出される危険性がどの程度のものなのかは知っときたいじゃないですか」

ヒロエさんは下唇を軽くかんで、僕を眺《なが》めた。

「ということはあなた、ちょっとくらいはこの部屋を借りる気があるってこと？　その気が全然ないなら、私もわざわざ話すわけいかないし」

僕は、再び黙って部屋を見まわした。

家具が何もないのと、天井と壁が両方白いのとで、実際よりもずいぶん広く見える。南に面した大きな窓から午後の光がさして、壁をまばゆく輝かせている。

頭の中で、僕はその壁の前にかれんを座らせてみた。前に福岡の親父のマンションでそうしていたように、床にぺたんと横座りになったかれんを思い描く。あるいは、いまヒロエさんが座っている窓枠に腰かけて、外を眺め下ろしているかれん。学校帰りの彼女はきっとまだ、先生然とした少し堅い雰囲気を漂《ただよ》わせていて、でもその堅さはこの部屋でくつ

ろぐうちにだんだんと溶けてほぐれていって、やがては、いつもの柔らかなかれんに戻るのだ。ちょうど、僕がいれてやったコーヒーを一杯飲み終わる頃には。

「……のよ」

ヒロエさんの声に我に返った。

「はい？」

「べつに無理することないのよ、って言ったの。うちには今のところ、学生さん向けのアパートっていったらこの部屋くらいしかないんだけど、もう少し待ってくれればまたいい物件も入ってくるだろうし。どうせ住むのなら、いろんなところを見てまわってから決めたほうがいいと思うけど」

「ここにします」

「そうよ、そうしたほうが……え？」

「決めます、ここに」

ヒロエさんがぽっかり口を開けて僕を見た。今にも、うっそぉ、とか言いだしそうな顔だなと思ったところへ、

「うっそぉ」

と彼女が言った。わかりやすい人だ。

「ねえちょっと、勘違いしないでよ？　私がさっき訊いたのは、ちょっとくらいは借りる気があるのかってことだけよ？　何も今すぐ即答を迫ったわけじゃないのよ？」

「わかってますよ」

「ならせめて一晩くらい考えてからにしたほうが、」

「いいんです」と僕はさえぎった。「いろんな部屋なら、もうイヤってほど見てまわったんです。でも、こんな所は他になかったし……それに、もうあんまりグズグズしてたくないから。だから俺、ここ借ります」

「本当に、本気で言ってるの？」信じられないという目つきで僕を見ながら、ヒロエさんは言った。「だって、極端な話、いきなり来月あたり出ていかなくちゃならなくなる危険性だってあるのよ？」

「その時はその時ですよ。安く長く借りられる可能性のほうに賭《か》けてみます」

ヒロエさんはしばらくまじまじと僕を眺めていたかと思うと、やがて、くっくっくっと笑いだした。

「俺、なんか変なこと言いましたか」

「ううん。おとなしそうな顔して、けっこうチャレンジャーなのねえって思って」

……おとなしそうな顔。……ううむ。

「ええとあなた、和泉くんっていったかしら?」

僕はうなずいた。

「わかったわ。じゃあ、和泉くん。明日まで、私が責任持ってこの部屋おさえとくから、せめて一晩だけでも考えてちょうだい」

「いや、でも」

「いいから」ヒロエさんはてのひらで僕を制した。「一晩かけてじっくり冷静に考えてみて、それでも気が変わらなかったら、明日また電話してちょうだい。もしも明日の夕方までにあなたから電話がなかったら、縁もなかったものだと思って、この話は流しちゃうから。ね?」

「…………」

「ね?」

わかりました、と僕は言った。

「さて、そうとなれば一応話しておかなくちゃいけないわよね、この部屋のこと」

ヒロエさんはスッと声を落とした。

「じつをいうと、この部屋には私の弟が住むはずだったの。といってもダンナの弟だから私からすると義理の弟ってことになるわけだけど」

「え、じゃあこのアパートの大家さんてのは」

「そう、うちの義父《ちち》。ここは、うちの持ち物なわけ」

ううむ、と再び僕は思った。何がううむなのか自分でもよくわからないけれど。

「で、義弟《おとうと》はね、いまオーストラリアにいるんだけど、今年こそ帰ってくるはずがまた雲隠れしちゃったのよ」

「クモガクレ？」

「まあ、いつものことなんだけれど」ヒロエさんは肩をすくめてため息をついた。「彼、考古学をやってて、今はたしか向こうの原住民、ええと、アボリジニっていうの？　その文化を研究するチームに入って、けっこう密林の奥地まで行ってるみたいなの。たまーにうちの人やお義父《とう》さん宛てに絵ハガキが送られてくるけど、いつだってお金の無心ばっかり」

　長いため息をつきながら、彼女はやれやれと首をふった。

「お義父さんとしては、目に入れても痛くない末息子《すえむすこ》なもんだから、彼が帰ってくるかもしれないって聞いたとたんに、この部屋をぜーんぶきれいにリフォームして直してあげたのね。でも、うちの人にしてみるとあんまり面白くないみたいで。年とった父親の面倒を見てるのは自分なのに、どうして鉄砲玉みたいに出てったきりのあいつばっかり可愛がら

れるんだ、みたいな。はたから見てるとどっちもどっちだなあとも思うけど、まあ、確かにちょっと過保護のような気もするわよねえ、三十半ばの息子に親が部屋まで用意してやるなんて。そう思わない？」

　まあそうかもしれませんね、と、用心深く僕は言った。事情を聞かせて欲しいと言い出したのは僕のほうなのだけれど、それが大家になるかもしれない人の家かと思うと、あんまり深入りするのは気が進まなかった。

　ふいに、

「あ」とヒロエさんが目を見ひらいた。「そういえばあなた、さっきうちのお義父さんと話したじゃない」

「え、いつ？」

「ほら、最初に電話に出た、耳の遠いおじいちゃん」

「ああ！……なんだ、そうだったんですか」

　あの時はほんとにどうなることかと思いましたよ、と僕が言うと、ヒロエさんは笑いながら、すごぉく頑固だけど、でも情のあつい、いい人なのよ、と言った。

「お義父さん自身はね、『いつアレが帰ってきてもいいようにずっと空室のままにしておく』って言い張ってたんだけど、そうするとうちの人の機嫌が悪くって。双方を説《と》き伏せて、さっき言った条件付きで誰かに貸したらどうかって勧めたのは、この私なの。だいたいのところはわかってくれた？」

要するに、うちにもいろいろ事情があるってことよ、とヒロエさんは言い、最後にちらりと僕を見あげて、意味深につけ加えた。

「ま、どこの家でもそうだとは思うけど」

5

きっとまた、泣くんじゃないかと思っていた。

花村の家を出るつもりでいることは前々から話してあったけれど、それでもいざ部屋が決まり、あとは引っ越すだけということになったら、かれんはきっとまた泣き顔になるに違いない、と。

でも——。

その夜、僕が例のアパートを借りようと思っていることを打ち明けると、かれんはただ笑《え》みを浮かべて言った。

「そう、やっと見つかったの。よかった」

こっちのほうが泣きたくなるくらい優しい笑みだった。

僕らは、庭先で花火をしながら話していた。子供だましの花火セットは佐恵子おばさんが商店街の福引でもらってきたやつで、一応丈のやつにも声をかけたのだが、蚊に刺されるのがイヤだとか何とか言って出てこなかった。たぶん気をきかせてくれたつもりなのだろうが、なに、感謝には及ばない。どうせ後から何かしら要求されるにきまっている。

「あれからショーリ、ずうっとあちこち探しまわってたでしょう?」かれんは次の花火を袋から取り出しながら言った。「なかなか見つからないみたいだったから心配してたんだけど……うん、ほんとによかった」

彼女はめずらしくゆかたを着ていた。せっかく持ってるんだからたまには着なさいよ、と佐恵子おばさんから半ば強引に着せ付けられたのだ。

白地に虹色のアジサイ模様のゆかたに、紺色のかすりの帯。湯上がりの髪を結《ゆ》いあげた娘にお酌《しゃく》してもらった花村のおじさんは、すっかりいい気分で酔っぱらってしまい、今はテレビの前に横になって軽いいびきをかいている。

実際、かれんのゆかた姿は、何というかもう……もう、絶品だった。隣でしゃがんでいる今も、肩を抱き寄せるのをこらえるのが苦しいくらいだ。

そうしていると、僕は去年の夏やその前の夏のことを思い出さずにいられなかった。

　去年はとうとう花火をせずじまいだった。鴨川のあのペンションに泊まった夜、みんなでコンビニまで買いに行きはしたものの、結局僕らだけは途中で二人きりになるほうを選んだからだ。でも、おととしの夏は、丈も一緒にこの庭で花火をした。蚊に刺されたかれんが、翌日の美術の授業中に腕をぽりぽりかいていたのを覚えている。あのころ僕はまだ高三で、かれんのほうも大学を出たばかりの新任教師だった。あれからもう二年もたつなんて……。

　暗闇の中、勢いよく四方に散る線香花火が、フラッシュのようにかれんの顔を照らし出す。そのたびに、彼女の瞳と、髪にさしたガラスのかんざしがチカリと光る。

「和泉のおじさまたちには、もう話したの？」

　と、かれんがささやいた。

「話したよ」と僕は言った。「最初はまあ何だかんだ言ってたけど、しまいにはお前の好きなようにしろって」

「まさかショーリ……」

「ん？」

「おじさまとケンカなんかしてないわよね？」

「してない、してない」と僕は笑った。「平和なもんさ」

「ならいいけど」

黒塗《くろぬ》りの下駄《げた》の先に、小さな足の爪が桜貝みたいな色に塗られてきれいに並んでいる。横目でそれを見ながら、僕は何となく釈然としない思いだった。というか正直なところ、つまらなかった。べつにかれんがまた泣けばいいなんて思っていたわけじゃないし、こんなふうに冷静な彼女にホッとしている部分ももちろんあるのだけれど、でもやっぱり、なんだかつまらなかった。もっともっと寂《さび》しがって、僕を引き止めたり、わからないことを言って駄々《だだ》をこねたりしてくれればいいのにと思った。——勝手なものだ、と自分でも思う。

ジジ……ジ……と小さい音をたてて、線香花火の先端がふくらんでいく。高熱を放ちながら小暗く輝くそれは、小さいながらも本物の太陽のように見える。息をひそめてその先を見つめながら、かれんが言った。

「それで、引っ越しはいつごろ？」

「まだ決めてない」と僕は言った。「できれば来週末くらいに移れたらと思ってるけど」

「えっ」

かれんが目をあげたとたんに、ぽとっと火の玉が落ちた。

「そんなに早く？」

「うん。荷物ったってそんなにないから、引っ越し自体はたいしたことないと思うんだ。でもまあ、まずはとにかく、おじさんたちに話さないとな」

そうだ。どうせ話さなければならないことなら、いつまでもぐずぐず先延《さきの》ばしにしていたって仕方ない。

僕は思いきって、花火を終えたその夜のうちに、花村のおじさんと佐恵子おばさんに考えを打ち明けた。まず最初に、この家の下宿代を僕のために積み立ててくれたことへの礼を言い、そして、一人暮らしをしたいこと、それに関して親父《おやじ》や明子姉ちゃんの了解はすでにもらっていること、部屋はもう見つかったことを順に話した。

もちろん二人とも驚きはしたし、心配症の佐恵子おばさんなどはとりあえず気にかかることを端から並べたてもしたけれど、なんといっても親父がすでに承知しているとあっては、それ以上反対のしようがない。おじさんもおばさんも、最後には僕の独《ひと》り立《だ》ちを納得し、励《はげ》ましてくれた。

でも、僕にとって予想外なことに——翌朝、佐恵子おばさんからそのことを聞かされた丈のやつは、躍起《やっき》になって僕を引き止めようとしたのだった。

「何も出てくことないじゃんかよ」

と、やつは言った。

「いいじゃん勝利、ずっとこの家にいなよ。な？　部屋は余ってんだし、こっからならバイトだってガッコだって近いしさ、別に何の不便もないじゃんか。だろ？　なあ、いなよここに」

佐恵子おばさんはただ微笑しながら味噌汁《みそしる》をよそっているきりだ。

「わかってるって、お前が何を心配してるかぐらい」と、僕は小声で耳打ちしてやった。

「どうせ例のビデオの件だろ？」

「違うよ、オレが言いたいのは、」

「まあまあ、安心しろって。そんくらいなら『風見鶏』にバイトに来たついでにちゃんと借りてやっから。な？」

笑って頭をこづいてやろうとした僕の手を、

「ばかやろう！」やつは、思いっきり振りはらった。「そんなんじゃねえって言ってるだろ！　ったくこの……この、薄情もん！　勝手にどこへでも行っちまえ！」

言い捨てて箸《はし》をほうりだすと、

「おい、丈……丈ってば！」

ひとが止めるのも聞かずに、そのまま朝練に飛び出していってしまった。

茫然《ぼうぜん》としている僕の前に味噌汁とアジのひらきを置いた佐恵子おばさんは、器の間から

やつがほっぽった箸を拾いながら、

「あの子もあれで、けっこう寂しがり屋だからねえ」と苦笑混じりに言った。「ずっと男のきょうだい無しで育ってきたし。あんたのこと、ほんとの兄さんみたいに思ってたんでしょうよ。まあま、あんまり気にしないでやってちょうだいよ」

そう言われても、気にしないわけにはいかなかった。

何しろ、初めてだったのだ。いつもへらへら冗談ばっかり言っている丈のやつが、本気で怒ったのを見たのは。

でも、それ以上にショックだったのは、ああして台所を飛び出していく間際、悔しそうに僕をにらみつけたあいつの目に、水っぽいものがたまっていたことだった。

二年以上もの間いっしょに暮らしていても、僕らはけんかをしたことなんてただのいっぺんもなかった。他愛ない兄弟げんか程度のものさえ、したことがなかった。いっぺんぐらいしておくべきだったかな、と僕は思った。おかげでこういう時にどうやって仲直りをすればいいかさえ見当がつかない。〈ずっと男のきょうだい無しで育ってきた〉のは、丈だけじゃない、僕だって同じなのだ。

でも……その日部活を済ませて帰ってきた丈は、ひと風呂浴びると、濡《ぬ》れた髪にタオルをひっかぶったまま僕の部屋に来て、

「なあ」ドアのところからボソッと言った。「ちょっといい？」

僕は、少なからずほっとして言った。

「入れよ」

これまでも何かあるごとにそうしてきたように、丈はしばらくの間、僕のベッドに腹ばいになってそのへんの雑誌を読むともなくめくっていた。

そして、やがて僕が一言、

「ごめんな」

と言うと、それが合図だったかのように大きなため息をついた。

「なんつうかさあ……」丈のやつは髪をがしがし拭《ふ》きながら言った。「けっこう、むなしかったりしたわけよ。そりゃあさ？　オレはこの家でいちばんガキだし？　順番から言ったら、話が回ってくんのが最後なのも仕方ないんだろうさ。けど……なんであんな大事な話、勝利から直接じゃなくて、おふくろの口から聞かされなきゃならないんだと思ったら、なんか……」

「ごめん」と、僕はもう一度言った。「ほんと悪かったよ。お前の言う通りだよな。もしも逆の立場だったら、俺だって頭くると思うもん」

丈は黙っていた。

「言《い》い訳《わけ》になるけどさ。このところ俺、一人で暮らすことを誰かから反対されたらどうやって説得しようって、そのことばっかりで頭いっぱいでさ……」

こうして床に座《すわ》り、ベッドの側面にもたれている僕の足先は、もう少し伸ばせば押し入れのふすまに触れる。去年の今ごろ、かれんが夏風邪《なつかぜ》をひいて寝込んでいた時、丈のやつが僕を閉じ込めて汗だくにさせてくれたあの押し入れだ。

「この二年間、お前はいつだって俺の味方してくれてたよな。お前がハッパかけてくれなかったら今ごろ俺、あいつとつき合ってなんかいなかったと思う。たとえつき合ってたって、途中でとっくにだめになってたんじゃないかと思うよ。いろいろあったもんな」

丈は黙りこくったままだ。

「こうやって口に出すと妙に他人行儀《ぎょうぎ》になっちまうから言ったことなかったけど、ほんとに、マジで感謝してるんだぜ。俺なんか、ただ一緒にいただけで、お前のために何にもしてやれてないってのに。それこそ、ビデオ借りてやるくらいしかさ」

苦笑のふりを装《よそお》って、丈がわずかに鼻をすすったのがわかった。

「ほんと、ごめんな」と僕は続けた。「これまた言い訳になっちまうけど、お前には、何も話さなくても全部伝わってるみたいな気がして……って言うか、そんなことさえいつのまにか意識しなくなっちまってて。こういうふうに言うとまたお前に怒られそうだけど、俺、正直なとこ、一人暮らしするってことをお前にまだ話してないことさえ、今朝の今朝まで頭になかった」

ぶっ、と、丈が噴《ふ》いた。

「マジかよ、それ」

「うん」

「最低じゃん」

「……だよな」

再び深々とため息をつき、丈のやつはむっくり起き上がった。と思ったら、無言で僕の後頭部を、

「痛《い》てぇ！」

足の裏で思いきりどつきやがった。

「ふん。あったまくんなぁ」と、丈は言った。「けどまあ、今さら言ってもしょうがねえや。今回のところは勘弁《かんべん》してやるよ。ったく、なんて寛大《かんだい》なんだろオレって」

僕は黙っていた。お前は俺にとって、弟のようでもあるけど、むしろ親友とか相棒に近いよ。そんなふうに言ってみたかったけれど、うまく言えなかった。

「で、借りる部屋ってどのへんなのヨ」

僕は、場所を詳しく説明してやった。そればかりか、丈への後ろめたさも手伝って、そこを借りるようになったいきさつまで逐一《ちくいち》話してやった。

と、途中からやつはニヤニヤし始めた。

「案外さあ、そのお色気むんむんの人妻とデキちゃって、血で血を洗う三角関係に突入しちゃったりして」

「お前は、そういうことしか頭にないのかよ」と僕は言った。「ヒロエさんてのはそんな人じゃねえのっ」

「あ、かばってるかばってる。うわ、あっやし〜」

今度は僕がため息をつく番だった。

「あ、そうだ」何を思いついたのか、やつはさらにニヤニヤ笑いを大きくしながら僕の耳元に顔を寄せてきた。「あのさあのさ、今回のこと許してやるかわりって言っちゃ何だけどさ。この先、いざっちゅう時はその部屋、オレにも貸してよね」

「いざっちゅう時?」

「そ。勝利さっき、お前のためなら何でもしてやるっつったじゃん」

「便利な耳だな」と僕はあきれて言った。「んなこと一言《ひとこと》も言ってねえぞ」

「言ったじゃんかよう、『お前のために何もしてやってない』って」

「全然違うじゃないか」

「だから、してくれっての。んっもう、ここんとこ京子《きょうこ》ちゃんったら積極的でさあ」言いながらやつは、ぐふっ、ぐふふふっ、とヘンな笑いをもらした。「鉄壁《てっぺき》の自制心を誇るオレさまも、さすがにいつまで我慢がもつか自信ねえのよ。けど、これでもういつでも安心だわ。ま、勝利クンはあれだ。その間、二時間ばかし外へ出ててくれるだけでい……痛《い》ってえぇッ！」

　頭をかかえこんだ丈を一瞥《いちべつ》して、

「安心しな、どんなに殴られたってそれ以上バカにはなんねえよ」僕は、役目を終えた英和辞典をそばの小机に戻した。「どうせお前の脳みそは股間にぶらさがってんだろうからな」

6

　荷物なんかほとんどないとは言っても、ベッドだの机だのを運ぶにはやはりトラックがいる。仕方ない、安い業者を探して大きなものだけでも運んでもらうしかないか……と思っていたら、ありがたいことに、話を聞いたマスターが二トン積みのトラックを借りてき

て手伝ってくれることになった。

ただし、マスターの体が空《あ》いているのは午前中だけ。『風見鶏』の開店時間である十一時半までに戻れるように、とにかくデカいものから優先に運べるだけ運んでしまおうという計画だ。

そんなわけで、引っ越し当日の土曜日、マスターは朝八時前にはもうトラックを運転して花村家に現れた。レンタカーの費用は当然こちらで持つつもりだったのだけれど、

「いいさ」マスターは肩をすくめて言った。「俺からの引っ越し祝いってことにしといてくれや。色気もそっけもない引っ越し祝いで申《もう》し訳《わけ》ないがな」

返すがえすもありがたい話だった。

ゆうべのうちに分解しておいたベッドと本棚、それに机などを、丈を含めた男三人で運んでは積み込む。その後から、本やＣＤ類や洋服なんかの入った段ボール箱をどんどん積んでいく。

準備が良かったせいもあってか作業はスムーズに進んだのだけれど、その間じゅう、僕はいつになく緊張していた。かれんが軽めの段ボールを運んでいって荷台の上のマスターに手渡したりするのを見るにつけ、つい、横目で佐恵子おばさんのほうをうかがってしまうのだった。

（まさかおばさん、あの二人が似てるってことに気づいたりしないだろうな）

マスターが監督を務める少年野球チームに丈がいた関係で、佐恵子おばさんはマスターのことをよく知っている。丈が四番バッターだった頃、つまりやつが五・六年生だった頃は一家総出で試合の応援に行くことだってあったそうだから、時にはかれんとマスターが佐恵子おばさんたちの目の前で顔を合わせる機会もあったろう。もちろん、その頃のかれんはまだ、マスターが自分の実の兄だなんて知りもしなかったし、それどころか自分が花村家の養女だということさえ知らなかったのだけれど――ともあれ、そんな時代からのつき合いだからだろうか、今日みたいに二人そろって佐恵子おばさんの前に出ても、当人たちはわりにケロリとしていて、どうやら緊張しているのは僕だけのようだった。

マスターのあのヒゲもたいしたもんだよな、と僕は思った。人相を隠すという意味においては、銀行強盗なんかがかぶる目出し帽と同じくらいの効果があるらしい。

そうこうするうちに、積み込みはものの三十分ほどで終わってしまい、僕らは予定よりだいぶ早く和泉の家へ向かうことができた。

助手席にはかれんと丈、積み荷の見張り番として荷台に僕。

これであとは、和泉の家の僕の部屋に残っているわずかな本と服、それに、取っておいてもらった電化製品（親父《おやじ》と明子姉ちゃんが結婚した時に不要になったやつ）を運び出し

てしまえば、いっぺんに片がつくというわけだ。

親父は仕事で家にいなかったが、前もって知らせてあったから明子姉ちゃんが待っていてくれた。オーブンレンジも炊飯器もテレビも、洗濯機も冷蔵庫もテーブルも、全部きちんと拭《ふ》かれて、あとはただ運び出せばいいだけになっていた。

おっぱいを飲んで寝入ったばかりだという綾乃のベビーベッドをそっと覗《のぞ》き込んだマスターは、隣に立つ僕に向かって、ちょっと人に見せられないようなふにゃふにゃの顔で笑った。

「お前にはもったいないような妹だな、ええ？」

とマスターは言った。

「こういうのが欲しけりゃ、由里子さんに頭さげて頼むんですね」

と僕は言った。

せっかく寝ている綾乃を起こさないように、僕らはできるだけ物音に気をつけながら荷物を運び出した。前に明子姉ちゃんが言っていた通り、どれもせいぜい二、三年しか使っていないだけあって充分にきれいだった。

「もらい手に心当たりがあるなんて言っちゃって……」

すっかり空《から》になりつつある二階の僕の部屋で、明子姉ちゃんは口をへの字にして僕をにらむ真似をした。

「ほんとは、あの時から一人で暮らすつもりでいたんでしょ」

「ごめん」

と僕は言った。

「ったくもう。それならそうと先に言っといてくれれば、私だってみんなで一緒に暮らすの楽しみにしたりしなかったのに」

「うん。ほんとにごめん。けど、あの時はまだ、ほんとにそうできるかどうか自信がなかったからさ……」

なんだか、引っ越しが決まってからというもの、あっちにもこっちにも謝ってばかりいるような気がする。

と、足音が階段を上がってきて、入ってきたのはかれんだった。今日の彼女はいかにも〈張り切って働きます！〉という心意気《こころいき》の表れた格好をしている。髪を後ろでひとつに束ね、ジーンズの上にくしゃっとしたストライプのシャツ。どちらにも油絵の具や草木染めをした時のしみが点々とついていて、でもそれが、かえってこなれた感じに見える。なんだか、ニューヨークあたりのロフトに住むアーティストみたいだ。

最後に残っていた湯沸《ゆわ》かしポットの箱を手に取り、彼女はあたりを見回した。

「えっと、これで全部？」

「あ、うん」

「じゃあ、下で待ってるね」

「ご苦労さま。私たちもすぐ行くから」

明子姉ちゃんはそう言ってかれんに笑いかけた。その笑《え》みがどことなく意味ありげだったせいだろうか。かれんはちょっと首をかしげ、不思議そうな笑みを返して階段を下りていった。

「さて、と。あんまり引き止めても悪いわね」

明子姉ちゃんは僕に向き直った。

「いいこと？　一人でも、ちゃんと栄養のあるもの作って食べるのよ？　それと、この前も言ったけど、ほんとにちょくちょく顔見せに帰ってきてよね。もしよかったら彼女も連れて」

「うーん、それはまあ、たぶんもうちょっと先のことになると思うけど」と、僕は苦笑した。「とにかく、できるだけ帰ってくるようにはするよ。綾乃が俺の顔見て泣くようになっても寂《さび》しいしさ」

「そうよぉ、小さいうちはちょっと会わないだけですーぐ忘れちゃうわよぉ？」

明子姉ちゃんは、僕を見あげてふふっと笑った。

「ま、とりあえずは、思うぞんぶん自由を満喫なさいな。そうして、ほんとの意味で独《ひと》りになって、いろんなこといっぱい考えるといいわ」

大きい家電品や家具から部屋に運び込み、本棚を組み立てるところまで手伝ってくれたあと、マスターは十時半過ぎにトラックを運転して帰っていった。

続いて僕と丈は、押し入れ用の三段引き出しだのワゴンだのを組み立てた。その間にかれんが段ボール箱を開けては、中身をしかるべきところに片づけていく。

……助かった。

こういうことになるんじゃないかと予想した僕は、見られるとヤバい品々をゆうべのうちに全部まとめて、あらためて取りに来るという約束で丈に預けておいたのだ。自分の先《せん》見《けん》の明《めい》に我ながら感心してしまう。

窓を開けていても、あたりは静かだった。せいぜい裏手の神社の森からセミが鳴くのが聞こえるくらいだ。

風が、窓から窓へと抜けていく。なんとなくいつもより涼しいような気がするのは、やはり周囲に緑が多いせいなのだろうか。

パイプベッドのヘッド部分をドライバー片手に組み立てながら、丈が何やら調子はずれの鼻唄を歌いだした。

姉弟そろって同じ癖《くせ》があるんだな、と僕は思った。血のつながりがなくたって、十五年以上の時間を共有してきたのだ。互いに似てこないほうがおかしいのかもしれない。

「それにしてもいい部屋ねえ、ここ」

流しの下の戸棚に鍋《なべ》をしまいながらかれんがそう言うと、丈が笑いだした。

「姉貴、さっきからそれ三べんめ」

「だって、ほんとにそう思わない？　広いし、きれいだし、環境もいいし。何よりこの部屋、収納がすごいわよ」

そうなのだった。最初にヒロエさんに案内された時には少々舞いあがっていたせいもあってそこまで気が回らなかったのだけれど、いざ引っ越しを決めてから準備のためにもう一度（今度は鍵を預かって一人でゆっくり）見にきた時、僕はこの部屋の収納スペースの充実度に感激した。

玄関はちょっと狭《せま》いけれど、上がりがまちの脇に下駄箱《げたばこ》がついているから靴の置き場所には困らない。左手のバスルームにはタオルやトイレットペーパーをしまうのに良さそうな戸棚があるし、入ってすぐ右手のダイニングを兼ねたキッチンと、その奥の六畳の洋室

には、どちらも大きな戸棚が造り付けられている。壁の中にぴたっと埋め込まれた形だから、扉を閉めてしまうと出っぱりというものがまるでなくなる。さらには、洋室と隣り合った四畳半の和室にも、一間《いっけん》の押し入れと並んで上下二段に洋服が吊《つる》せるクローゼット。要するに、よけいな家具を置かずに暮らせるよう徹底的に考えつくされた部屋なのだ。

「このアパート全部、おんなじ間取りなのかしら」

と、かれん。

「外から見るかぎりじゃ窓の位置は同じみたいだけど、細かいとこまではどうだかな」と僕は言った。「ほら、こないだ話したろ、大家さんの下の息子のこと。最初からその人が住む部屋として作ったそうだから、それでこんなに何から何まで行き届いてるんじゃないかな。だってこんなの、普通じゃ考えられないだろ?」

「でぇーきたっ!」

と丈が叫んだ。

パイプベッドはようやく組み上がって、あとはマットレスと布団をのせればいいだけだった。

「なんかネジがだいぶ余っちゃったけど、いいよな」と丈。

「いいわけねーだろ!」

「ウソウソ冗談、余ってねえってば。……一個しか」

やつの首を絞《し》めあげてそれが本当に冗談であることを確認した後、僕は和室のベランダ側の窓際にベッドを寄せ、東側の窓（このあいだヒロエさんが腰かけていたあの窓）の下に黒いカラーボックスを横に寝かせて置くことにした。別に必要ないと言えば必要ないのだけれど、あまりにも物がない部屋もかえって落ち着かない。

　さて、お次は本か、と段ボール箱を開けようとしたところで、

「なあ、そろそろひと休みしようぜえ」と、丈のやつがほざいた。「なーんかノド渇《かわ》かねえ？」

「じゃ私、そのへんで何か買ってくる」と、かれんが立ちあがる。

「いいよ、俺行ってくるよ」

「ううん、ショーリはちょっと休んでて。朝からずーっと力仕事してるんだもの」

　そりゃだって自分のことなんだからさ、と僕が言うと、

「いいからいいから」と、かれんはほんわか笑った。「休んでるのが落ち着かないなら、待ってる間、もう一仕事してて」

「けど、コンビニの場所わかるか？」

「そこ出て、左に行ってすぐのところでしょう？　来るとき前通ったから。あ、ついでに

お昼も買ってくるね。何か食べたいものある？」

何でもいいよ、と僕が言うより先に、

「オレ手巻きのツナマヨネーズと梅かつお！」すかさず丈が叫ぶ。「あとおにぎりのシャケと明太子と子持ち昆布！　とコロッケ！　と唐揚げ！　とバナナロール！　とジャンボプリン！」

「……覚えられないから、適当に買ってくる」

言いながら、かれんは大きなカゴバッグを肩にかけた。

それが去年の夏、鴨川に持っていったのと同じカゴバッグだということに気づいたとたん、僕の頭の中は一気にあの海へと引き戻されてしまった。佐恵子おばさんに電話で言《い》い訳《わけ》した後、二人で歩いたペンションまでの坂道。海から吹いてくる風や、夕暮れの空気の色がありありとよみがえって、ふと潮《しお》の香りまでかいだような気がした。

かれんが玄関でサンダルをはいている。

じゃあねー、行ってきまぁす、という声と、ぱたんとドアが閉まる音に続いて、キッチンの窓の外を通り過ぎる彼女の横顔が見え、小走りの足音が遠ざかっていく。

「あぁあぁ、締まりのない顔しちゃって」

丈に言われて我に返る。確かにそういう顔をしていたのがわかるだけに、苦笑《にがわら》いするしかない。

「まあ、無理もないよね」と丈はニヤニヤした。「なんたって念願の二人の愛の巣だもんね」

「やめろってそういう言い方」

「えーなんで？　いいじゃん『愛の巣』」

「やめろ」

「じゃあ『秘密の隠れ家』」

「よせっちゅうの」

「じゃあ『愛欲の館』」

　ポカリとやられる直前にやつは飛びのいて逃れ、げらげら笑いながら立ちあがってキッチンへ行くと、何やら紙袋をさげて戻ってきた。

「何だよそれ」

「ん？　今のうちに渡しとくわ」

「何」

「オレからの引っ越し祝い」

「マジかよ」僕は驚いて言った。「ばかだな、お前、そんな気ぃつかってくれなくてよか

ったのに」

「うん、でもほら、ほんの気持ちだから」と丈は照れくさそうに笑った。「勝利にはいろいろ世話ンなったしさ」

ずいぶんと殊勝なことを言ってくれる。

「えっと、いくつかあンだ。まずは……」

ごそごそと紙袋に手をつっこむと、丈は包装紙に包まれた小さな箱をつかみ出して、おごそかに僕の前に置いた。

「ハイこれ」

「…………」

僕はため息をついた。こいつが、わざわざかれんの出かけた隙《すき》を狙《ねら》ってこんなことを始めたわけがやっとわかった。〈ほんの気持ち〉とはよく言ったものだ。包装紙からうっすらと透《す》けて見えるそれは、まさしく、丈の『気持ち』の箱詰めだった。

「ね、これからの必需品っしょ?」含み笑いをもらして、丈は言った。「あらやだ、勝利ちゃんたら、お顔が真っ赤。お熱でもあるのかしら」

「うるさいな」

「いいのよう、そんなに照れなくってもっ」妙にオバサンぽい仕草《しぐさ》で、やつは僕の肩をどついた。「ほらほら、早いとこしまっときなさいよ」

再びため息をつく。

しかしまあ、その、あれだ。これも、いわゆるつき合いってやつだ。せっかくの心づかいを無にするのもよくないし。

「……どうも」と、僕は言った。「ありがたく頂いとくよ」

「こういうのにも使用期限ってあるのかしら？」と丈。「無いことを祈るわ、人一倍グズな勝利ちゃんのために」

「よけいなお世話だ」

どうでもいいけど、何なんだその気色悪い言葉づかいは。

「あとそれから、これ」

続いてやつが紙袋から取り出したのは、薄いブルーとピンクのペアの歯みがきセットだった。コップにも歯ブラシにも、それぞれ魚のイラストがついている。

「お泊まりしちゃった翌朝は、やっぱりこういうのでなくっちゃね。おそろいの歯ブラシで並んで歯を磨《みが》きながら、二人甘ぁ〜い余韻《よいん》にひたるの。『ゆうべは素敵だったよ、かれん』『いやぁんショーリったら、恥ずかしい』『幸せって、ペパーミントの味がするんだね』『んもう、顔のわりにキザなんだからっ』なはははーんちって」

一人ではしゃいで後ろへひっくり返り、空中で足をばたばたさせる。綾乃がおしめを替えてもらう時の姿にそっくりだ。

「……お前、いよいよイカレたか？」

と言ってやると、

「ひどいっ」丈はがばっと起き上がった。「二人の幸せを祈って、京子と一生懸命選んだのにっ」

「わかった、わかったからその、くねくねすんのやめろ」と僕は言った。「サンキュサンキュ。いつかそういう朝が来ることを願って、それまで大事にしまっとくよ」

お心づかいはありがたいけれど、こんな意味深な、というか、まるで下心を絵に描《か》いたようなものをかれんに見せたりしたら、この部屋に来ること自体を変に意識してしまうにきまっている。彼女が帰ってこないうちに隠さねば、と立とうとすると、

「あン待って、もう一つだけあるの」

やべ、オネエ言葉が快感になってきちゃったよ、とブツブツ言いながら、丈は袋の底から何やらけっこう大きめの箱を取り出した。

反射的にうさんくさい顔をしてしまった僕を見て、

「いや、マジマジ。これはほんとに真面目《まじめ》な引っ越し祝い」

うながされるままにリボンをほどいて開けてみると、中から出てきたのは——

「お前……」僕は、ようやく言った。「覚えてたのか」

それは、トースターだった。パンが焼きあがるとカシャンと飛び出すお馴染《なじ》みのやつだが、ただひとつ普通と違うのは、焼けたパンの表面にパンダの顔の焦《こ》げ跡《あと》がつくことだった。

いつだったかかれんがこれを欲しがった時、花村家のトースターはまだまだ壊れそうになくて、そう、たしかあのとき丈のやつは言ったのだ。そんなにパンダのトースターが欲しいなら、早いとこ二人で暮らしちゃえばいいんだよ、と。

「じつを言うとオレさ、前から決めてたんだ」テヘッと照れ笑いをしながら、丈は鼻の下をかいた。「いつか姉貴と勝利が一緒に暮らすようなことがあったら、絶対これ贈ってやろうって。ちょっと気が早いけど、まあいいよな」

僕は、黙っていた。

「ほら、早いとこそっちの必需品だけでもしまっちゃいなよ」と丈は言った。「姉貴にも見せてやるってぇならいいけどさ」

「ば、ばか言え」

僕は、『気持ち』の箱詰めをとりあえず机の引き出しのうんと奥にしまいこみ、歯ブラ

シセットとトースターとを抱えて立ちあがった。そばを通り抜けざま、丈の頭をぐしゃぐしゃっとかき混ぜてやる。

「痛《い》てて、何だよう」

「……………」

「あ、わかった。さては勝利ちゃん、じーんと来ちゃったんでしょ。いま何かしゃべったりすると泣いちゃいそうなんでしょ」

「だーれが」

「そうなんだー、やっぱそうなんだー、やーいやーい」

返事をせずにキッチンへ行き、トースターをどこへ置こうかと見まわして、キッチンの出窓の隅《すみ》に置くことにした。束ねてあったコードをほどいてコンセントに差し込む頃にはどうやら平常心が戻ってきた。

この贈り物を見たら、かれんは何て言うだろう。喜びのあまり、弟に抱きついたりするだろうか。彼女が喜ぶ顔を見るのは嬉《うれ》しいけれど、そういう顔をさせるのが僕じゃないことがちょっと悔しくもある。〈弟〉に嫉妬《しっと》するのも情けないが。

洗面所へ行って、戸棚の奥に歯ブラシセット二つをしまいながら、

「それはそうとさ」と僕は言った。「お前、京子ちゃんにはいったいどこまで話してある

んだ?」

「えー、何がぁ?」

返事があまりにうわの空なので和室へ戻ってみたら、丈は段ボール箱から光が丘西の卒業アルバムをひっぱり出して眺《なが》めていた。

「おまっ、勝手に人のプライバシー見んなよ」

「いいじゃんかよう。この年度の卒業生全員がおんなじもん持ってんだろ? そんなのプライバシーのうちに入んねーよ」

丈は顔もあげずに僕のクラスのページに見入り、とっぽい顔で写っている僕を見つけてガハハハッと笑った。

「なあ、勝利が前につき合ってたのってどの人?」

「な、何だよ、急に」と僕は言った。「そんなの聞いてどうすんだよ」

「どうもしねえけどさ、見てみたいじゃん。あそうだ、たしか隣のクラスだったとか言ってたよな。ってことはB組か……」

真剣そのもので女子の顔を一人ずつチェックしていく丈のつむじを見下ろしながら、僕は、あいた口がふさがらなかった。僕自身はほとんど覚えがないのだが、そんな話をこいつに聞かせたとすれば、花村家で暮らし始めた最初の頃……つまり、僕がかれんを好きに

なるよりも前のことだったはずだ。好きになった後だったら、そんなことわざわざこいつに話すはずがない。となると、どう考えても二年以上前ってことになる。いったい何ちゅう記憶力だ。というか、なんでその記憶力が英単語や公式には活《い》かされないんだ。

「なあってば。どの人？」

と丈がしつこく食い下がる。

「忘れた」

「いいじゃん、せめてヒントヒント」

僕は、黙って丈の手からアルバムを取りあげて本棚にしまった。

「何だよなー、秘密主義ィ」

ふてくされた丈が、立っている僕の足に蹴《け》りを入れようとする。

「それより、俺の質問に答えろよ」と僕は言った。「京子ちゃんはいったいどこまで知ってんだ、っての」

「何を」

「だから、俺とかれんのことだよ」

「そんな詳しくは知らないよ」と、丈は言った。「例の『まだキスだけだよ』発言以来、何とか今まで続いてるってことくらいかな」

ちらりと僕の顔を見あげて、丈は苦笑した。

「平気平気、ちゃんと口止めしてあるって」

「ほんとかよ」

「大丈夫だってば」と丈は言った。「親にも内緒の仲なんだ、っつったら、あいつ目ぇキラキラさせて興奮してたくらいだし。あのぶんなら、この件に関しては絶対しゃべんねぇと見たね。何しろ、すっかりひたっちまってるもん。秘密の恋人たちを陰ながら応援する役どころに」

　つい苦笑いがもれる。

「で？　彼女が知ってるのは、俺らがつき合ってるってことだけか？」

「だけって、ほかに何があん……あッうそ！　もしかしてオレの知らない間にその先までヤッちゃっ」

　どごっ、とトースターの空き箱がひしゃげた。

「ぼ……暴力反対」

「学習能力のないお前が悪い」と、僕は言ってやった。「ほかに何がって、ンなことわかるだろ？　京子ちゃんは知ってんのかってことだよ。かれんがほんとは、」

「待った」と丈が言った。「見損《みそこ》なわねえでくれよな。そんなにオレっておしゃべりに見

えんのかよ」

「ばか、そういう意味じゃないって。お前は京子ちゃんのこと信頼してるわけだろ？　なら、彼女にそのへんの事情を打ち明けたとしても無理はないかなと思っただけで、」

「話さねえよ」

と丈は再びさえぎった。深々とため息をついて、やつは言った。

「話せるわけないっしょ。そんな大事なこと、本人の了解もなしにさ。そりゃあ京子のことは信用してるけど、それとこれとはまた別の問題じゃん」

胸の内に、ぐらりと揺《ゆ》れるものがあった。

なんだ今のは、と思う間もなく、その揺れを追いかけるように、うなじがこげるほどの焦《あせ》りが襲ってきた。どこかでとんでもない落とし物をしてきたような気がするのに、何を落としたのかわからない、思い出せない……そんな焦燥感《しょうそうかん》で胃の底がちりちりする。思わず口をひらきかけたその時、

「ただーいまぁー」

玄関が開いてかれんの声がした。

僕は丈を見た。

丈も僕を見た。

「おっもーい」ドサドサッと袋を床に置く音がする。「誰か手伝ってー」

「あいよー」と、僕を見ながら丈が答えた。「いま行くよー、勝利ちゃんがー」

※

窓辺のトースターを見たとたんに、

「食パン買ってくるっ!」

と飛び出しかけたかれんをどうにか思いとどまらせ、僕らはいくつもの段ボール箱に囲まれたダイニングテーブルで昼飯を食った。十二時にはまだちょっと早かったけれど、朝早くから働きづめに働いたせいですっかり腹が減っていたのだ。

ふだんならコンビニで買ったメシなんて味気ないばかりなのに、こういう時にこういう場所で食うと、けっこううまく感じられる。そう言ってみたら、

「そりゃあーた、うまいにきまってるっしょ」さっそく丈が茶々を入れた。「なんたって誰かさんが愛しの勝利ちゃんのために真心こめて買ってきてくれたんだもんさあ」

「ハイハイわかったわかった」

適当に流したつもりだったのだが、やつは向かいに座ったかれんのほうを見るなりプッと噴《ふ》きだした。

見ると、彼女はタラコのおにぎりを頬《ほお》ばったまま、文字どおり目を白黒させていた。顔が真っ赤なのは、ノドを詰まらせたためばかりではないらしい。

僕はコップに烏龍茶《ウーロン》を注ぎ足してやり、手を伸ばして彼女の背中をとんとんとたたいてやった。

「ん……」ようやく口の中のものを飲み下す。「あ……ありがと。ああ、苦しかった。本気で窒息するかと思っちゃった」

「そんな、がっついて食うからだよ」と僕は言った。「ゆっくり落ちついて食いな。誰も取りゃしないから」

「んもぉー」

と、彼女が僕をにらむ。怒ってみせちゃいるが、その目は今にも笑いだしそうだ。

「あのう、」と丈が言った。「もしかしてオレ、おジャマ?」

「ああジャマジャマ。すっっっげえジャマ」

ひでぇー、ふつうは口だけでも〈そんなことないよ〉って言うよなあー、と叫ぶ丈の声に、かれんの笑い声が柔らかく重なって響く。

僕も一緒になって笑った。

でも、自然に笑うのには少し努力が要《い》った。胸の奥で、さっきの不可思議な揺れがまだしつこく尾を引いていたからだ。
そう——物騒な余震のように。

7

午後二時過ぎになって、丈だけ帰ることになった。

京子ちゃんと待ち合わせをしているなんぞとほざくので、

「毎んち毎んち学校で会っててもまだ足りないのかよ」

と、からかってやったら、

「毎んち毎んちひとつ屋根の下で暮らしてて足りたかよ」

即座に切り返されてしまった。

「……ごもっとも」

と、僕は言った。

最後に気色の悪い含み笑いを残してうるさい奴《やつ》がいなくなってしまうと、急に物音が耳につくようになった。

いくら風の通る部屋とはいえ日が高くなるとさすがに暑くて、途中からブラインドを下

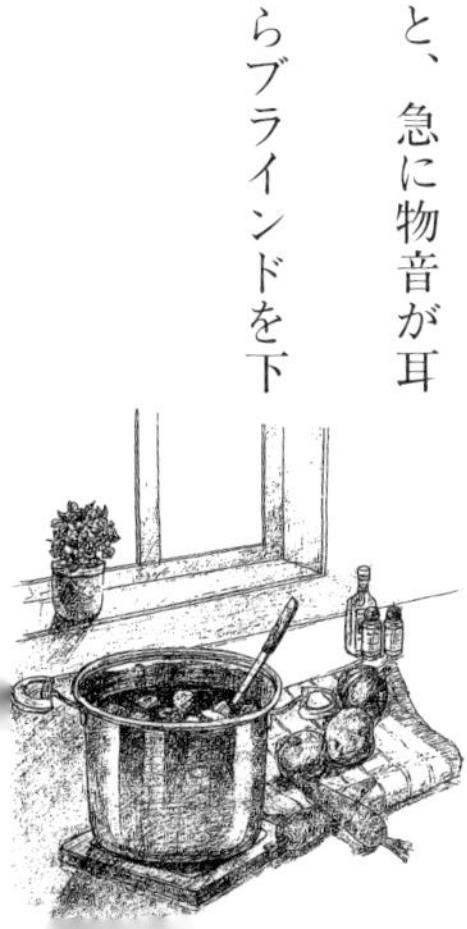

ろして備えつけのクーラーをつけていたのだけれど、そうして窓を閉めていてもなお、じりじりと焦《こ》げつくようなセミたちの鳴き声は僕らの間の沈黙に割り込んできた。

段ボール箱のふたがこすれる音。かれんが立ったり座ったりする時のきぬずれの音。そしてもちろん、互いの息づかい……。

三人でいた時より、二人でいる今のほうが、部屋が窮屈《きゅうくつ》に感じられるなんてどうしたことだろう。

でも、それは不思議と甘やかな窮屈さだった。

(こんな時間がずっと続けばいいのに)

と思ってからすぐに、

(あ、そうか、これからはいつだってこうしてられるんだっけ)

と気づき、気づいたとたんにキリキリと嬉《うれ》しさがこみあげてきて、思わず声がもれそうになる。

僕は、咳払《せきばら》いをした。

テレビとビデオデッキの線をつなぎながら和室のほうを盗み見ると、かれんはこっちに背中を向け、段ボールから出した服を一枚一枚たたみ直しては引き出しにしまったり、クローゼットにかけたりしてくれている。

僕が見ていることには気づかずに、かれんは次の箱のふたを開け、いちばん上の紺色のやつを手に取って何げなく目の高さでひろげるなり——固まってしまった。たっぷり五つ数えるくらいの間、空中で僕のパンツをひろげたまま機能停止していた彼女は、やがてどうにか気をとり直したらしく、ぎくしゃくとそれをたたみ直し、元に戻してふたを閉め、箱ごとちょっと横のほうへ押しやっておいて、別の箱に取りかかった。

「かれん」

「はいぃッ?」ほとんど声がかぶるくらいの過剰反応でふりむく。「な、なあにっ?」

噴《ふ》きだしそうになるのをこらえて、僕は言った。

「疲れたろ。もういいよ、後は俺がやるから」

「う、ううん。私なら平気よ、ぜんぜん」言いながらかれんは、てのひらでぱたぱたと自分の顔をあおいだ。「あともう少しじゃない。一気に片づけちゃいましょうよ」

「けど、べつに急ぎのものがあるわけじゃないしさ。毎日ちょっとずつやってけばいつかは片づくんだし」

「そりゃそうでしょうけど、明日の朝、目が覚めたらまわりじゅう段ボールだらけっていうより、すっきり片づいた部屋で第一日目を迎えるほうが嬉しいじゃない」

でしょ? と微笑《ほほえ》むかれんのほっぺたに、小さなえくぼができる。段ボールだらけだろ

うと何だろうと、目が覚めた時、お前が隣にいてくれるのが一番嬉しいんだけどな……と思ったけれど、そんなことまさか言えるわけがない。

「CDでもかけながらやるか」

「あっうん、そうしよそうしよ」

空《から》になった段ボールの間をかきわけるようにして、かれんはさっき丈が整理してくれたCDラックのところまで這《は》っていった。

「えっと、何がいーい？」

「何でも。そうだな、どっちかっていうとおとなしめのやつ」

「んー……ヴァン・ヘイレン」

「どこがおとなしいんだよ」

「ブラック・サバス」

「あのな」

くすくす笑って、かれんはようやく別の一枚を選びだした。

「ん、久しぶりにこれ聴こっと」

CDを滑《すべ》り込ませ、早送りボタンを押して何曲か先へと進める。

数秒の空白の後、やがて流れだしたのは耳に懐《なつ》かしいピアノの旋律だった。短いイントロの後すぐに、語りかけるように歌が始まる。ビリー・ジョエルの『Honesty』。誰もが知っているあのメロディを、ドライともウェットともつかない優しい声がゆったりと歌いあげていく。

　少し前に読んだ翻訳ものの本には、〈落ちこんだ時にすることのうちで最も悲惨《ひさん》なのはビリー・ジョエルの歌にハマることだ〉なんて意味のことが冗談混じりに書いてあったけれど、僕はときどき（べつに落ちこんだ時に限らず）思い出したように彼の歌を聴きたくなる。かれんもきっとそうなんだろう。正しいことを正しい、間違っていることを間違いだと歌うのは確かにクールでもスマートでもないのかもしれないが、でもクールでスマートなものだけが人の心を動かすわけじゃない。言いたいやつには勝手に言わせておけばいいのだ。

「だいぶ前にね」

　かれんが猫みたいにのそのそと元の場所に戻りながら言った。

「この曲が『風見鶏』で流れた時、マスターが言ったの。『これ聴くと、反射的にコーヒーだかココアだかのCM思いだしちまうんだよなあ』って。そしたら由里子さんが、『そうそう、私もそう！』って、そこから二人で昔みた番組とかの話題で盛り上がっちゃって……なんかあの時は、つくづく世代の違いを感じちゃったなー」

僕は、ふうん、と生返事をした。そういうことで世代の違いを感じるって言うんなら、こっちだってこれまでに幾度となく感じてるぞ。

かれんが小学生のころ見ていたというアニメを僕は見たことがないし、彼女が好きだった歌手を、僕はせいぜい落ちめの俳優としてしか知らない。逆に、僕が学校の授業で初めて習った事件を、彼女のほうは子供心にうっすら覚えていたなんてこともある。年の差というのは、当たり前だがスタートの差なのだ。

サビに合わせて、かれんが能天気に口ずさむ。

その声は相変わらずボーイソプラノみたいに澄んでいるのに、なんでだろう、さっきからの重たい気分がまたしてもぶり返してきた。ビリーが誠実であることの難しさについて歌っている。ふだんは聞き流している歌詞の意味が、今日はやけにちくちく刺さる。

憂鬱《ゆううつ》の正体がふいに見えたのは、間奏のピアノの途中だった。耳の奥で、丈の言葉ががんがんリフレインする。

〈話せるわけないっしょ。そんな大事なこと、本人の了解もなしにさ……話せるわけないっしょ。そんな大事なこと、本人の了解もなしにさ……〉

——本人の了解。

これまで僕は、僕なりの誠実さで、かれんとのあれこれを親父《おやじ》や明子姉ちゃんに打ち明けてきたつもりでいた。福岡の親父のマンションに泊まった夜、初めて僕らがつき合っていることを打ち明けたあの時もそうだったし、ついこの間、明子姉ちゃんを前にかれんの出生について話した時もそうだった。僕の口からきちんと正直に事実を伝えることで、不必要な誤解は避《さ》けられると思ったし、真意を理解してもらえるとも思ったからだ。当のかれんに話せば心配かけるだけだろうから、彼女にはいつかその時が来たら話せばいいと思っていた。でも――。

もしかして僕は少し焦《あせ》りすぎていたのだろうか。人並み以上にせっせと精進《しょうじん》して、早く一人前にならなければいけないと思うあまりに、先走りすぎたのだろうか。今まで僕がよかれと思ってしてきたことは、見る角度を変えれば――つまり当のかれんから見れば――不誠実なふるまいということになってしまうのかもしれない。誰が、何を、どれだけ知っているかについて、彼女はまだ何ひとつ知らされていないのだ。自分自身のことであるにもかかわらず。

「オーーーネスティーー♪……ふふふん・ふふんふん……♪」

急にたまらない焦燥《しょうそう》がつき上げてきて、僕はいくつもの段ボールをまたぎ越して隣の和室へ行き、押し入れに頭をつっこんでごそごそやっているかれんの真後ろに立った。最後のサビが終わり、イントロのメロディをなぞるようなピアノとともにゆっくりと曲が収束

するのを待って、ストップボタンを押す。

自分のたてる物音で、僕が来たことにもデッキを止めたことにも気づかなかったのだろう。かれんはやがて、次の曲がなかなか始まらないことに気づいてふとふり返り、僕を見るなり飛びあがるように体を起こした拍子にゴンッと頭をぶつけた。

「いっ……」

「あっ、おい！」僕は慌《あわ》ててかがみこんだ。「大丈夫かよ。えらい鈍い音したぞ、今」

返事がない。

下から覗《のぞ》き込むと、かれんはぶつけたところをおさえて眉間《みけん》にしわを寄せたまま、すっかり涙目になっていた。

「ったぁ……」ようやくうめいて、彼女はぐしゅっと鼻を鳴らした。「ショーリったら、もうー。びっくりさせないでようー」

「ごめんごめん、悪かったよ。けど、何もそこまでビビることないじゃんか」

「だって……急に後ろに……」

彼女の頭を抱きかかえ、転んでひざ小僧をすりむいた子供をあやすみたいによしよしと撫《な》でてやる。決して下心があってそうしたわけではないのだけれど、抱き寄せた後で気づいた。こんなふうに彼女に触れるのって何日ぶり、いや何週間ぶりだろう。花村のおじさんと佐恵子おばさんが帰ってきてからはほとんど一度もなかったはずだ。

蟬時雨《せみしぐれ》が、急に激しさを増したような気がした。

僕は、彼女の両肩をつかんで体を離した。

「かれん、俺……」

間近で目が合ったとたん、彼女がぴくっとした。まだ少し涙をためたままの目をいっぱいに見ひらいて、かれんが僕を見つめる。鼻のあたまに、細かい汗の粒がわんぱく坊主みたいな感じに浮かんでいる。半開きの唇がかすかに動いて、この世で彼女だけしか呼ぶことのない名前を形づくる。

「ショー……リ」

その少しかすれたようなささやき声を聞いた瞬間、頭が真っ白になってしまった。何か大事なことを言わなくてはならなかったはずなのに、すべてが意味をなさなくなった。

なめらかな頰《ほお》に手をあて、親指で彼女の唇をゆっくりとなぞる。その唇は今や小刻みに震えていて、もれる息ははやい。僕の指の下で、彼女の唇が柔らかくつぶれてゆがむ。わずかにのぞいた白い歯の間を乱暴に指で割ってもっと奥に差し入れたいという欲望を、ぎりぎりのところでこらえながら顔を近づけていくと、かれんはまつ毛を伏せ、ほんのちょっとあごを上げて応《こた》えようとしてくれた。

唇が、触れ合う。

ずくん、と体の芯《しん》が疼《うず》く。

キスならもう数えきれないほどしたのに、どうしてこんなに苦しいんだろう。ジーンズの前の窮屈さより、胸の奥の窮屈さのほうがずっと苦しくて、つらくて、ああ、俺はこれほどまでにこいつに惚《ほ》れてるのかと思ったら心臓が四方八方から押しつぶされるようで、もう何をどうすればこの痛みから逃れられるのかわからない。たまらずに、僕は片手でかれんの頭の後ろを支えながらのしかかっていった。

できるだけ優しく畳に横たえる。

髪を一つにまとめているタオル地のヘアバンドが、てのひらにあたってごろごろする。瞳を覗き込んだまま、そっとそれをほどいて抜き取ると、かれんは服を一枚脱がされたかのように体を固くして息を乱した。

まるでビルの谷間みたいな段ボール箱の間に横たわって、僕らは互いを見つめた。長い髪がゆるやかにひろがっている。

「あ……んまり」かれんがささやいた。「近くに寄っちゃだめ」

「なんで」

「汗くさいから」

「あっ、ごめん」

慌てて自分のTシャツの匂《にお》いをかいだ僕に、

「違うの」かれんは恥ずかしそうに首をふった。「私が、汗くさいから」

思わず笑ってしまった。「ばかだなあ。気にならないよ、そんなこと」

「私が気になるの」

「…………」

僕は、かれんののどもとに鼻の先をこすりつけた。

「あっ。ダメだったら！」

「いい匂いしかしないけどな」

「ショー……」

黙らせるように口づける。キスをくり返しながら、彼女の名前を何度もささやく。そうしているうちに、かれんの体が、あの鴨川での夜と同じくらいこわばってくるのがわかった。

きっと彼女のほうも、これがいつもとは違う種類のキスだということに気づいているのだろう。

それ自体では完結しないキス。

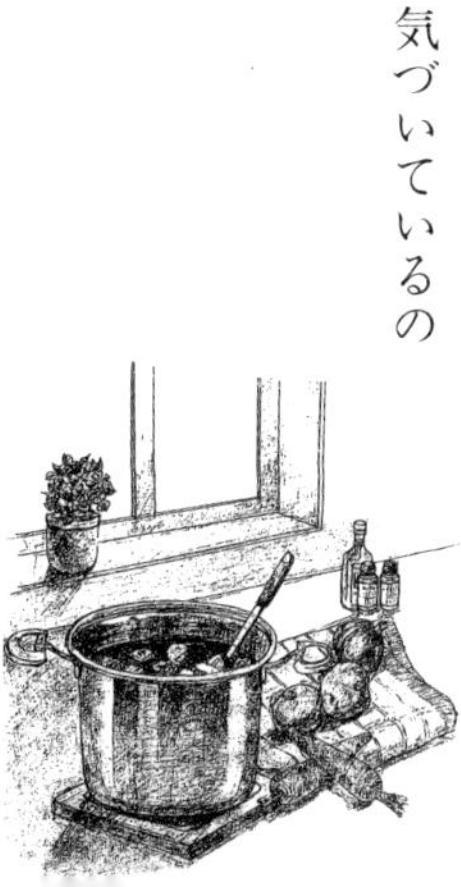

その先にあるものの、準備段階としてのキス。

僕らはいま二人きりで、邪魔《じゃま》をするやつは誰もいない。そうして、時間はまだたっぷりあるのだ。

「かれん……」

僕は彼女の額に口づけ、とうに開けていられなくなったまぶたに口づけ、紅潮した頬に口づけ、そして髪をかきあげてあらわになった耳もとに息を吹きかけた。

「……っ」

かすかに悲鳴のような声をもらして、彼女が僕のＴシャツの袖《そで》のあたりをぎゅっと握りしめる。

「かれん」

耳の中に直接ささやきかけながら、僕は思いきって、薄い耳たぶを軽く噛《か》んでみた。びくんっと彼女の体が跳《は》ね、まるで溺《おぼ》れかけたみたいに僕にしがみつく。

「大丈夫だってば」と僕は低く言った。「お前がいやだってことはしないから」

「ショー……リ」

「絶対、しないから」

「………」

かれんが、僕を見つめる。

「だいたい、今までどれだけ我慢してきたと思ってんだよ」と、僕は言った。「ここまで我慢しといて、今になってこんな段ボールの山ん中でお前を抱くなんてこと、するわけないだろ?」

かれんの体から、ようやく少しだけ力が抜けた。

彼女に重たい思いをさせまいとしているせいで、畳についている肘《ひじ》が痛い。すぐ後ろにベッドがあるというのにこんなところで抱き合ってるのもばかみたいだが、だからといっていきなり抱き上げて運ぶわけにもいかない。かれんをまた緊張させてしまうから、というより何より、そんなことをしたら僕のほうが二度と止まらなくなるにきまっているからだ。たった今、かなりの無理をして交わした約束すら破って、それこそ彼女がいやだと言おうが何だろうがすべてをめちゃくちゃに壊してしまいかねない。

僕はかれんの上からおりて、隣に横になった。首の下に腕を差し入れて抱き寄せる。

腕枕をしてやりながら、黙って彼女の髪を指ですいてやっていると、かれんは途中からまた少し体の力を抜き、そのうちにようやく、気持ちよさそうに目を細めだした。

柔らかに波打つ髪が、僕の指の間をすり抜ける。部屋が涼しいせいで、髪の流れもひんやりと冷たい。

「いつから伸ばしてんの?」

「……え?」

かれんが上目づかいに僕を見た。

「髪。これだけ伸ばすのってどれくらいかかんの」

「んーと……たしか大学の三年ごろからだったかな」小さな声で、かれんは言った。「でもこれ、夏は暑いのよね。そろそろまたばっさり切っちゃおうかと思ってるの」

「駄目《だめ》」

と僕は言った。

「どうして?」

「すっごく似合ってるから」

「み……短くしたとこ、まだ見たことないくせに」と、かれんは口ごもった。「ボブにした時なんか、わりと好評だったのよ?」

「わかるけど、でも駄目」

「だから、どうして」

「もったいないよ。こんなにきれいな髪なのにさ」

彼女がまたちょっと赤くなる。

「……驚いた」

「何がだよ」

「ショーリってば、そーんな恥ずかしいセリフも言えちゃうんだ。けっこう硬派だとばっかり思ってたのに、じつはラテン系だったのね」

「ふん。今ごろわかったのかよ」

僕はその髪のひとふさを手に取って、彼女の目を見つめながらうやうやしく、キザったらしく唇を押しあててみせた。まるで、貴婦人の手の甲にキスをするイタリア貴族みたいに。

途中から、かれんが笑いだした。「んもう、何それー」

「だって俺、すっげえ好きなんだもん、お前の髪」

「……髪？」

「うん」

「……だけ？」

「うん」

ぷくっとふくれた頬をはさんでつぶしてやりながら、

「いや、でもマジで好きなんだよな」と僕は言った。「眺《なが》めてるだけでも幸せだけど、こ

うして触った感じなんてもう、ゾクゾクする。もしかして俺って、髪フェチ？」

かれんが眉間にしわを寄せた。「なんかそれって、ヘンタイさんっぽぉい」

「ぽいんじゃなくてヘンタイさんなんだよ」

くすくす笑っているかれんをじっと見下ろす。愛しくて、爪の先まで痛くなる。

彼女は僕を見あげて、ふと不思議そうな顔になった。

「どうしたの？」

「……うん。なんか、そうやって笑っててくれるとほっとする」

「いつも笑ってるじゃない」

「そりゃまあ、ふだんはな」

おでこに貼《は》りついた髪のひとすじをかき上げてやりながら、僕は言った。

「でもお前、このごろ俺がキスとか始めると、やたらと緊張するじゃないか。今にも犯されそうな顔して、ガチガチに固まっちゃってさ」

「そ……んなこと、ないと思うけど」

「前は、俺にキスされるの好きになったとまで言ってくれてたくせに」

「それは、だって」と、かれんがごにょごにょ言う。「あの頃のは、なんていうかその、もうちょっと初心者向きのだったんだもの」

「ふん。じゃあ、このごろのは？」

「だから、上級者コースっていうか」

「ばか言え」と僕は笑った。「上級者コースってのはだなあ、」

いきなり下唇に嚙みついてやり、それから思いきって今までにしなかったような濃厚なやつを試みようとした、その寸前――思わず、ぶぶっと噴きだしてしまった。

「な、なに？」かれんが戸惑ったように僕を見あげる。「ねえ、何か変？」

「さてはお前、さっき、丈のジャンボプリン奪って食ったろ」

「えっ。うそ、見てたの？」

「見てなくたってわかるっての」

「どうして？」

「口の端っこんとこ、プリンの味がする」

「やんっ」

眉《まゆ》をしかめたかと思うと、彼女はふいに不二家《ふじや》のペコちゃんみたいにぺろりと舌を出して口の端をなめた。「あ。ほんとだ、甘い」

僕は、思わず言ってしまった。「は……反対側もなめてみ」

「んー？　こっちにもついてる？」

きれいなピンク色のとがった舌先が、歯の間からちろりとのぞいて唇をなめる。やっぱりだ。むっちゃくちゃ色っぽい。総毛立つほどだ。

「こっちはべつに甘くな……」

言葉の終わりは、僕のキスに飲みこまれた。

わずかに残っている甘さをむさぼりつくすように、激しく口づける。目をつぶったままそうしていると、なんだか柔らかな果実に歯を立てているかのようだった。うっかりしていると本当に食べてしまいそうだ。でも、その程度ではもう、とうてい足りなかった。行為が気持ちに追いつかない。まだるっこしくてたまらない。

僕は両手で彼女の頭を抱えこみ、さっきは果たせなかったもっともっと深いキスを――それこそ上級者コースのキスを――今度こそ実行に移した。くぐもった悲鳴をもらして僕のシャツの背中を引っぱるのを、手首を片方ずつつかんで頭の両側の畳に押しつける。彼女の舌がまるで小さな生き物みたいに逃げまわる。それは、溶けてしまいそうなほど柔らかくて、僕のよりずっと熱かった。

やがて僕らは、息が続かなくなって唇を離した。お互い、呼吸する余裕なんかなかったのだ。かれんの瞳はうるんでしまっていた。涙とはまた別の、熱に浮かされたようなうるみ方だった。乱れた息のせいで、胸が激しく上下している。

そっと手首を離しても、彼女はもう抗《あらが》わなかった。祈るようにひたむきなまなざしで僕だけを見つめている。

その瞳を、まるで深い湖の底を透《す》かし見るみたいに覗き込みながら、僕は指先で、彼女の額から眉、通った鼻筋……と順番に辿《たど》っていった。なめらかな頬のラインをなぞり、唇の柔らかさを確かめた僕の指が、形のいいあごへ、そしてそのさらに下のほうへと移動しようとした時、彼女ののどがひきつり、何かを飲みくだすようにこくりと動くのが感じ取れた。

興奮するなと言われても無理な話だったが、露骨《ろこつ》に息を荒くしたり鼻の穴をふくらませたりするのだけは何とか避けたかった。必死に気をつかいながら、かれんの細い鎖骨をなぞっていく。のどもとの真ん中のくぼみはあまりにきゃしゃで、小さくて、僕の中指がぴったりおさまるほどでしかない。

どくんっ、どくんっ、と、かれんの心臓の音が伝わってくる。

僕は、彼女の着ているストライプシャツの襟《えり》ぐりを、開いている第二ボタンぎりぎりのところまでおそるおそるはだけていった。ノースリーブの時にはあんなに健康的な肩なのに、シャツの内側から覗き見るだけでどうしてこうもなまめかしいんだろう。

半ばあらわになった肩先に口づける。かれんがまたビクッとはねる。

桃をかじるみたいにそうっと歯をたててみると、声とも吐息ともつかないものがかれんの唇からもれ――とうとう、彼女は自分から僕の頭を抱きかかえた。

一気に胸が詰まってしまった。かれんも少しは感じてくれているのかと思っただけで、武者ぶるいしそうになる。

きつく、きつく抱きしめ合う。

(服が邪魔だ!)

と、こんなに強く思ったのは初めてだった。

だめだ……我慢できない。こんなところで最後まではしない、と約束したばかりだけれど、せめてもうちょっと……もうあとちょっとだけなら……。

こういう時は、すそからそっと手を入れたほうがいいんだろうか? それとも、上から順にいくのが礼儀ってもんだろうか?

下心と緊張のあまり、半ばうわの空でキスをしながら、ついに心を決めて三番目のボタンに手をかけた、その時、

〈〇∪∝×□△♯~~~♪〉

僕らは飛びあがった。

大音量で鳴り響いたのは、聞き覚えのない電子音だった。発車のベルみたいな大げさな

メロディ。

「よ……呼《よ》び鈴《りん》?」

と、かれん。

「誰だろ」

かれんは僕に向かってぷるぷると首を横にふりながら、シャツの前をかき合わせた。

しかたなく立ちあがり、僕は洋室とキッチンを横切った。

再び同じ音が鳴り響く。丈の大馬鹿野郎が忘れ物でもして戻ってきたか(もしそうだったらどうしてくれよう)、それとも、はやばやと新聞か何かの勧誘だろうか。新聞ならまだしも、うっかりドアを開けたら子供の手を引いたおばさんが立っていて、

〈神様について話しましょう〉

とか言い出されたりするとすごく困る。僕が今したいのは、まさに神様に叱《しか》られるようなことなのだ。

念のために、覗き穴から外を覗いてみた。

そこに立っていたのは、なんと、ヒロエさんだった。

慌てて髪と服を直してドアを開けた僕に向かって、

「ハァイ」彼女は例のにじんだようなハスキーヴォイスで言うと、目尻に軽くしわを寄せ

た。「たしか今日越してくるって言ってたから」

「すいません、後でご挨拶《あいさつ》に伺うつもりだったんですけど」

僕はどぎまぎしながら言った。

「あらいいのよう、そんなこと。これ食べてもらおうと思って持ってきただけだから」

ヒロエさんは、さげていた紙袋の中からラップのかかった皿を取り出して、僕に差し出した。「はい、差し入れ。片づけてるとおなかすくでしょ？」

大きなおはぎが五個盛ってあった。

「うわ、すいません、気ぃつかってもらっちゃって」

言いながら、内心ちょっとだけ思わないでもなかった。

……おはぎに邪魔されたのか。

「甘いもの、嫌いじゃなければいいんだけど」

「いやもう、ありがたくて涙が出そうです」

ヒロエさんはぷっと笑った。「大げさねえ」

だぶっとした綿のパンツに、カーキ色のランニング型タンクトップ、胸にはかすれた英字のロゴ。そういえばこの前はたしか迷彩色のTシャツだった。どうやらミリタリーな感じがお好みらしい。

「で、どう？　片づけは進んでる？」

ひょいと何げなく中に視線を投げたヒロエさんが、玄関に脱いであるかれんのサンダルに気づいて、あら、と口もとを押さえた。

「あららら－。ごめんなさい、お邪魔しちゃったかしら」

「あ、いや、そんなんじゃないスよ。イトコが手伝いに来てくれてるだけです」

とっさに弁解してしまってから、自分の横つらを張り倒したくなった。この部屋を借りたのはそもそも、こういう言《い》い訳《わけ》を重ねなきゃいけない状態から抜け出すためだったんじゃないのかよ。

「それ、返さなくてかまわないからね」

え？　と目を上げると、ヒロエさんは僕の手にある皿を指さしていた。

「みりんか何か買った時に景品でついてきたお皿だから、気にしないで」

「そうスか。じゃ、ありがたくお言葉に甘えます」

「何か困ったことがあったら遠慮しないでいつでも言ってよ」

そうさせてもらいます、と僕は言った。

まあ実際、〈お邪魔〉されたには違いないのだけれど、こうしてわざわざ、歩いて十分はかかるところから様子を見に来てくれるヒロエさんの心づかいは素直に嬉しかった。こういうのは下町のアパートならではなんだろうな、と思ってみる。もっと大きな街のマンションかなんかだったら、大家の顔どころかお隣さんの顔さえ知らない住人がざらにいることだろう。

「あ、そうそう」とヒロエさんが言った。「よかったら、近いうちに晩御飯でも食べにいらっしゃいな」

「えっ。いや、そこまでは」

「遠慮しないでってば。うちの人もおじいちゃんも、いっぺんあなたに会いたがってるんだから」

「俺に？　何でだろ」

「そりゃあなた」と、ヒロエさんは肩をすくめた。「こんな条件付きの部屋を借りてくれる物好きの顔を見てみたいんでしょ。ま、イヤなものを無理にとは言わないけど、ちょっとは前向きに考えといてね」

　まるで往年のヴィヴィアン・リーみたいな眉の上げ方をして僕を見ると、ヒロエさんはじゃあね、ときびすを返した。後ろ姿に、

「どうも、ごちそうさまでした」

と声をかける。

彼女はふり返らずに、肩越しにひらひらっと手をふった。立ち去り方もなんだか宝塚みたいだった。

ドアを厳重にロックし、次に呼び鈴が鳴っても絶対に出てやるものかと心に誓って、キッチンのテーブルに皿を置く。

気をとり直して和室に戻ってみると、かれんはまるで何事も起こらなかったかのように押し入れに頭をつっこんでごそごそやっていた。最初の時と違うのは、ビリー・ジョエルが流れていないことと、彼女の背中がバッチリ僕を意識していることだけだった。

黙って彼女の後ろに立つ。今度は頭なんかぶつけやしないだろう。

「かれん」

「はあい?」

案《あん》の定《じょう》、彼女は平気なふりを装《よそお》って即答した。

「ショーリもほら、どんどん働いて下さぁい。のんびりしてると日が暮れちゃうわよー」

「なあ」

「ほら、もう三時過ぎよ?　夕方からバイトだって言ってたでしょ?」

「かれんってば」

彼女はようやく手を止めた。

「な、ちょっとだけ」

かれんは黙っている。

「何にもしないから」

「…………」

「約束するから」

「…………」

大きなため息が聞こえた。

やっとのことで、かれんは後ろ向きのまま這い出してきてぺたんと座《すわ》った。

僕はしゃがんで彼女の体を背中から抱きかかえた。前にまわして組んだ僕の腕を、彼女の両手がそっと包みこむ。指先は冷たいのに、頰っぺたと頰っぺたをくっつけると、顔はやけどしそうに熱かった。

「かれん……」

たまらない思いでつぶやく。

好きだ、とか。

愛している、とか。

そんなんじゃ全然足りない。胸の奥にこれほど激しく渦巻《うずま》いているものを、そのまま彼

女に伝えられる言葉が見つからない。本気で恋をしたことのあるやつならきっと、誰もが同じくらい激しい想いを抱いて、そのたびに同じようなもどかしさを味わい続けてきたはずなのに、どうして今に至るまでこの感情を正しく言い表す言葉が生まれなかったんだろう。不思議でたまらない。

僕は、抱きしめる腕に力をこめた。僕の手を包むかれんの指にも、ためらいがちな力が加わる。

「今の……大家さん?」

と、かれんがささやいた。

「うん。ていうか、そこんちの奥さん」

「ふうん。……どんな感じの人?」

僕はくすっと笑った。「気になる?」

「そ、そういうわけじゃないけど、どういう人かなって思っただけ」

「お色気全開~って感じの悩殺グラマラス美女」

「うそっ」

「うっそー」と僕は言った。「さばさばしたいい人だよ。まあ、グラマラスっちゃグラマラスだけど、歳は佐恵子おばさんと幾つも違わないんじゃないかな」

かれんの頬っぺたがふくらむのがわかった。無言のまま、背中でぐいぐい僕を押してくる。

僕は笑いだしながら言った。「おはぎもらったからさ、後でお茶いれて食お」

「ふーんだ、働かざる者食うべからずよ」

「何言ってんだよ。俺なんかこんなに勤勉じゃん」

「何に勤勉なんだかー」

「なんだってぇ？」

くすぐりの刑にかけてやると、かれんがきゃあきゃあ笑いながら暴れた。やめて、ごめんなさい、やめてったら、と逃げようとするのを、強引にこっちを向かせてキスをする。ただし唇にじゃなく、鼻のあたまにだ。

ぴたりと笑いやんだかれんが、ちょっと意外そうな顔で僕を見た。

「なんたって、初日ですから」と、僕は言った。「自制心くらいちゃんとあるってとこ見せとかないと、お前これから安心してここへ来てくれないだろ？」

「……すっごぉい」

と、かれんが言った。

「何がだよ」

「下ゴコロも長期計画ー」

「お前なあ……」

僕はため息をついた。

「そういう可愛い顔して、丈みたいなこと言うなよ」

8

引っ越し当日ぐらい休んで片づけに専念したらどうだ、とマスターは言ってくれていたのだが、僕には僕で、バイトを休むわけにいかない事情があった。

いくら親父《おやじ》が例の預金通帳をまるごとよこしてくれたとはいえ、これから毎月、家賃や電気代、水道代、ガス代、それに携帯にかかる電話代などなどがそこから引き落とされていくことを考えると、そう油断してはいられない。大学をちゃんと四年で出ると考えて、それまでぎりぎりもつかどうかといったところだ。

これでも小学生の時から一家の主夫として家計を切り盛りしてきたのだから、うちのふところ具合はよくよくわかっている。万一途中で足りなくなったところで、綾乃をかかえた親父たちにこれ以上の負担はかけられない。

〈いや、まあそう心配するな〉と、親父は言った。〈お前が、下らん金の使い方をする奴《やつ》じゃないのはわかってる。大事に使って、それでも足りなくなったら遠慮なく言え。だいたい、息子にそこまで心配されるってのも情けないもんだぞ、親父としては〉

〈ねえ、もっと甘えてあげて？〉と、明子姉ちゃんも言った。〈あなたがあんまり精神的に自立しちゃってるものだから、あの人、嬉《うれ》しい反面ちょっと寂《さび》しい部分もあるんだと思うの。大丈夫よ、勝利くん。私にだってこれまでの貯《たくわ》えがあるし、それに綾乃が小学校に上がったらまた勤めに出るつもりだし……。だからあなたはよけいなこと心配しないでいいの。ね？〉

自立してなんかいない、と僕は思った。学費も生活費も、何から何までおんぶに抱っこだというのに、〈でも精神的には自立してます〉なんて冗談にもなりゃしない。せめて自分の食いぶちや小遣いくらいは自分で稼《かせ》いで、これ以上ビタ一文、親父たちに金を出させないで済むようにしなけりゃならない。

でなければ――いったい何のために一人暮らしを始めたのか、そのいちばんの核さえゆらいでしまう。

※

花村の家に帰るかれんを送りがてら、僕は光が丘の駅に降り立った。

線路の行く手に夕陽《ゆうひ》がまぶしい。ホームも階段も駅前ロータリーも、昨日までとまったく変わらないはずなのに、なんだか微妙によそよそしく見える。

(そうだよな)

改札を抜け、かれんと並んで商店街を歩きながら思った。

(もう、ここの住人じゃなくなったんだもんな)

自分で決めたことだというのに急にひどく寂しくなってしまって、かれんの肩を抱き寄せたくて困った。

ちらりと後ろをふり返る。誰もいなかったらほんのちょっとくらい、と思ったのだけれど、少し離れた後ろのほうを買い物客が何人か歩いていた。

「なあ」

ん? と、かれんがこっちを向く。

「お前も、『風見鶏』寄ってくだろ?」

僕の顔を見て、何を感じたのだろう。

かれんはにっこり微笑《ほほえ》んで言った。「もちろん」

僕は思わず手を伸ばし、隣のかれんの手をぎゅっと握った。

一瞬だけだった。

ほんとうに、ほんの一瞬ですぐに放したのだ。

でもその一瞬は、ちょうど目の前の薬局から出てきた星野りつ子にとっては充分すぎる長さだった。

星野が立ち止まる。

僕らも立ちすくむ。

こんな時、何を言えばいいんだろう。いや、何を言うべきじゃないんだろう。

互いに声を失っている僕らのかたわらを、後ろから追いついてきた買い物客がちらりと見ながら通り過ぎていく。その後ろ姿が充分遠ざかった頃になって——

「……ツイてないなあ」

深々とため息をついたのは、星野だった。

「なんでよりによって、こういうとこ見ちゃうかなあ。やんなっちゃう」

言いながら彼女は、テヘヘ、と情けない顔で笑った。

ごめん、と謝るのも変だし、かといって他に何を言えるでもなく、僕はしかたなく黙っていた。かれんも隣でうつむいている。

店の前にとめてあった自転車のカゴに、星野は持っていた袋をがさがさと入れた。こんなに蒸し暑い日にも長袖《ながそで》のシャツを着ているのは、細すぎる腕を見せたくないからなのだろうか。

「だけどさあ、和泉くん」と、星野は言った。「いくらなんでも、ちょっと無防備すぎない？」

「……そうだな」と、僕は言った。「ごめん」

「違うってば」星野はあきれたような顔で言った。「見ちゃったのが私だったからいいようなものの、これがお宅のおばさんとかだったらどうする気だったのって言ってんの。ったく、手なんかつないじゃって、何てイイワケすんのよもう」

いきなり僕の鼻先に指を突きつけて、星野は、ネアンデルタールそっくりの口調で言った。「『ぶったるんどるぞ和泉ィ！』」

どうにか普通に笑うことに成功した。

「ほんと上手いよな、お前」と僕は言った。「こんど本人の前でやってみせてやれば」

「バカ言わないでよ、私だってまだ命惜《お》しいわよ」

冗談にまぎらそうとしてくれる星野に調子を合わせるくらいしかできない自分が、歯がゆくて、後ろめたくて……情けなかった。

「じゃあね。あさってまた部活でね」

自転車を出してまたがった星野は、僕にくしゃっと笑いかけ、かれんに対してもぺこんと頭をさげると、ペダルを踏みこんだ。小さすぎる背中から、聞こえよがしのひとりごとが耳に届く。

「あーあ〜、私も早くオトコ欲しいな〜っと！」

なま温かい夕暮れの風が頬《ほお》を撫《な》で、Tシャツをふくらませて吹き抜けていく。それがひどく冷たく感じられるのに気づいて初めて、僕は自分がじっとり汗をかいていたことを知った。

無意識に止めていた息を吐《は》きだし、うつむいたままのかれんをうながした。

「……行こうか」

かれんが、こくんとうなずいた。

さっきまでより遅れがちな彼女に合わせてゆっくり歩きながら、僕はやがて言った。

「ごめんな」

「どうして？」

「え？」

「どうして、ショーリが謝るの？」

「だって、やな思いさせたろ」

「ショーリがさせたわけじゃないのに」

「それはまあ、そうかもしれないけど。――でも、やっぱごめん」

かれんはひっそりと笑い、ほつれて落ちかかる髪を耳にかけた。

「謝らないで、お願い」と、彼女は言った。「星野さんのことでショーリが謝るのって、なんか……何となく、イヤなの」

「――うん。そっか」

胸が痛かった。あんまり浮かれてばかりいたせいで、バチが当たったのかもしれない、と僕は思った。

星野りつ子がどんなにつらそうに見えようと、どんなに優しくしてほしそうに見えようと、同情なんかするのは傲慢《ごうまん》だということくらいわかっている。けれど、いくら頭でわかっていても、こういう形で会うたび胸は勝手に痛んだし、それはもう自分の意思ではどうしようもなかった。

かれんを選んでしまった僕が、星野にしてやれることはあまりない。せいぜい、一口でも多く食えるように一緒に食事をしてやることくらいしかなくて、それすらも本当に彼女のためになっているのかどうかはわからない。

でも、一つでもできることがあるのなら、今はそれを続けるしかないんじゃないだろうか。

世の中にはたぶん、どんなに悩んだって答の出ないことというものはある。仕方がないとあきらめるしかないことも、きっと山ほどある。でも、僕らのうちで〈仕方がない〉と口にしていいのは、その仕方なさを我慢するしかない星野だけだという気がした。少なくとも、僕の側からその理屈を押しつけるのは違うんじゃないかと思った。

「ねえ」

と、かれんがささやく。

「うん？」

「やっぱり、今日はまっすぐ帰るね」

「――うん」

暮れなずむ商店街を遠ざかっていく背中を、なすすべもなく見送った。

別々の家へと別れて帰るのが、これほどまでにせつないなんて思ってもみなかった。世間の恋人たちは、みんなこんなつらさを我慢してるんだろうか。

曲がり角でふり返ったかれんが、胸のところで小さく手をふる。

僕は、できるだけ明るく手をふり返した。

思えば、以前つき合った相手とはいつもこうして別れたはずなのに、同じように感じていたかどうかが思い出せない。相手が異なる以上、抱《いだ》く感情もそのつど異なっていて当たり前なのか、それとも、こんなにも胸が締めつけられるのは相手がかれんだからこそなのか……。

あるいは、恋なんてものは基本的に、のどもと過ぎれば熱さを忘れてしまう性質のものなんだろうか。〈恋とは偉大なる錯覚である〉なんて言った奴がいたそうだが、だとすれば、この痛いほどのせつなさや、疼《うず》くような愛しささえも、ただの錯覚に過ぎないってことなんだろうか。

カシカシカシ……と乾いた物音がした。

見ると、『風見鶏』の裏口、段ボール箱の上で丸くなっていた猫のカフェオレが、後ろ足で首をかいているところだった。僕と目が合うなり、悠然と伸びをして大あくびする。すぐかたわらには最近よく見かけるようになったメスの野良が寄り添って、恋人の顔を優しくなめてやっている。

誰にともなく、舌打ちがもれた。

結ばれるべき相手に何か印でもついていて、一目見ただけでそれとわかるようになっているならどんなに楽だろう、と、つまらないことを思ってみる。そうすれば、誰も無駄に傷つかなくて済むのに、と。

この世でいちばん愛しくて、いちばん大切に守りたい相手に対してさえ、心の底から誠実に正直に接し続けるのは難しいというのに——いったいこれ以上、どうすればいいというんだ。

ため息をついて、僕は『風見鶏』の重い扉を押し開けた。

Special Side Story

WHAT A WONDERFUL WORLD

一杯のコーヒーの味には、いれる者の生き る姿勢が映し出される。

大げさに聞こえるかもしれないが、俺は常々そう思っている。

うまいコーヒーをいれる上で何より大事なのは、まず豆が新鮮であること。これは、豆を食ってみればわかる。お湯の温度は、沸騰《ふっとう》直前の九十度。これは今や、沸《わ》いてくるヤカンの音でわかる。

ヤカンの注ぎ口は細いほうがいい。紙のフィルターを使うなら、縁の五ミリを濡《ぬ》らさないように残しながらお湯を回しかけて蒸《む》らし、豆が生き物のように膨張《ぼうちょう》してきたら再び回しかけていく。

豆の挽《ひ》き方にもコツがあり、蒸らし方にもコツがあり、注ぎ方にもコツがあり、フィルターをはずすタイミングにもコツがある。そうして俺は、最後に必ずもう一手間《ひとてま》かける。たいしたことではないが、おそらくはその五秒こそが俺の店の──『風見鶏《かざみどり》』の味と香りを支えている。

最後まで、手を抜かないこと。

一度決めた以上は、それを守ること。

そう——それが、俺にとっての生きる姿勢ってやつだ。

カウベルの音に、ポリバケツのふたを閉め、裏口にいた猫にハムの切れ端を投げてやってから中に戻った。

「あらま、ずいぶん暇そうだこと」入口のところに立っていたのは、何のことはない、由《ゆ》里《り》子《こ》だった。「かわいそうだから、一杯ごちそうになってあげようかな」

俺は苦笑した。「最初からそのつもりで来たんだろうが」

四年ばかり前、初めて彼女がこの店に来た時のことを思い出す。初対面から、やたらと生意気な女だった。生意気なのに、人を不愉快《ふゆかい》にさせないのが不思議だった。

あの時も彼女は黒っぽい格好をしていて、入口から俺に会釈《えしやく》すると、かすかに微笑を浮かべたままゆっくりと店の中を見渡し、カウンターの前を通りすぎて奥の窓ぎわの席に座《すわ》った。隣の椅子《いす》に置いた大きめのバッグにしろ靴にしろ、身につけているものはどれも上等で手入れが行き届いていた。びっしりとスケジュールを書き込んだ手帳を覗《のぞ》き込みなが

ら、彼女は、俺がいれたブレンドを半ばうわの空で一口飲むなりハッとしたようにカップに目を落として、こうつぶやいた。

〈やだ、おいしい〉

やだとは何だ、やだとは……と、俺は思わずむっとしたものだった。ひどく真剣な顔でふた口めを飲んだ彼女は、香りを確かめ、色を確かめて、また一口飲んだ。かなりの通《つう》らしかった。どうせ味になんか期待もしていなかったのだろう。たまたま歩き疲れて、ひと休みするためだけにふらりと立ち寄った喫茶店で、こんなうまいコーヒーを出されるとは思いも寄らなかったに違いない。どうだ、恐れいったか。

――と、思っていたら、彼女は組んでいた脚《あし》をふいにほどき、スッと立ちあがってこっちに近づいてきた。そうして手帳から名刺を一枚抜いて差し出すと、強く光る目でまっすぐに俺を見て、いきなりこう宣《のたま》ったのだった。

〈これよりもっとおいしい豆を仕入れる気はありませんか?〉

※

駅前商店街のはずれに店を構えてから、もう何年になるだろう。雨風にさらされて、外壁も屋根もいい感じに色褪《いろあ》せてきた。

白いしっくい塗りの壁には、腰の高さまで古レンガを貼《は》ってある。鉄の鋲《びょう》をいくつも打ちつけた分厚い木のドア、大きな出窓、そして屋根のてっぺんの風見鶏……。どれも皆、むかし家族で住んでいた家にならったものだ。

風に吹かれて青空にくっきりと立つ雄鶏《おんどり》の姿を見あげると、俺は今でも時折り、泣きだしたいような気持ちに駆《か》られてしまう。

あの朝も、空はよく晴れていた。出がけに屋根を見あげた親父《おやじ》が、まだ小さかった妹をひょいと抱きあげて、持ち前のでかい声でこんなふうに言ったのを覚えている。

〈ほうらごらん、かれん。いいお天気だから、雄鶏さんゴキゲンだぞ〉

三歳になったばかりの妹は、急に空が近くなったのが嬉《うれ》しかったのか、笑いながら親父の首に抱きついた。

その日、俺たちは親父の試合の応援に出かけるところだった。親父は、大学時代からつき合いの続いている後輩に頼まれて、草野球チームのキャッチャーを務めることになっていたのだ。なんでも後輩は直前の練習中に親指を骨折したとかで、その代役にかりだされたのだった。

昔から親父には、何かというと口にする自慢話（?）が三つあった。

ひとつめは、大学に七年いたこと。二浪でようやく受かったかと思えばすぐさま留年、

こうなったらついでだとばかりにバイトしながら大陸を中心に放浪してまわり、結局は七年で中退してしまった。在籍は八年までと決められていたというから、あと一年では卒業は無理と見切りをつけたのだろう。実家がそこそこ裕福だったのと、末っ子の親父に対して親がやたらと甘かったおかげで許されたようなものだが、とにかく、親父のポリシーはいつだってはっきりしていた。

いわく、「ある金は使え。人生は楽しめ」

その言葉通り、親の金を使いたおして人生を楽しんだおかげで、親父は在学中に結婚して父親になった。それがつまり、二つめの自慢ってわけだ。相手はインドを旅している時に知り合ったという日本人で、すこぶる付きの美人ではあったが、言うまでもなく、親父と同じくらい浮世離れした女だった。しかも、正確にいうと結婚より妊娠のほうが先だった。生まれてきたのがこの俺だ。

そうして三つめが――世間に向かって自慢してもよさそうなのはこれだけのような気もするが――野球部時代はキャッチャーで四番を打っていたこと。

だから親父は、息子の俺にも当然のように野球を教えこんだ。当時中古車のディーラーをやっていた親父は、普通のサラリーマンよりは家にいることが多く、毎日のようにキャッチボールにつき合わされたし、バッティング・フォームは事細かに直されたものだ。

とまあ、何しろそういうわけだったから、この日の試合は親父にとって、久しぶりの晴れ舞台だった。家族にいいところを見せようと親父は張り切り、その高揚はまわりにも伝わって、俺たちはみんなずいぶんはしゃいでいたと思う。留守番の祖母までが、おふくろと一緒に弁当を用意しながら華やいだ声で笑っていた。

ハンドルは、親父が握った。助手席にはかれんを抱いたおふくろ、後部座席に俺。ほんとうは俺が抱いてやりたかったのだが、妹は後ろの席に乗ると酔ってしまうので仕方なかった。

今でも目に焼きついている。かれんはその日、水玉模様の木綿のワンピースに白いサンダルをはき、麦わら帽子をかぶって、ウサギのぬいぐるみを抱いていた。夏に生まれたからというわけでもないのだろうが、彼女にはそんな夏らしい格好がよく似合い、兄としての欲目を差し引いてもとても愛らしかった。

十歳も離れて生まれてきた妹が、俺は可愛くてならなかった。かれんのほうでも、俺によくなついてくれていた。守るべき者がいるというのはいいものだった。その少し窮屈《きゅうくつ》な責任感は俺を、いっぱしの大人になったような気分にさせた。

よちよち歩きのくせに、かれんはしょっちゅう後ばかりついてきては、ちょっとでも姿が見えなくなると俺の名を呼んで泣いた。

〈あーたんっ、あーたんっ〉

「ヒロアキ兄ちゃん」のどこをどうすればそうなるのか、まわりの人間にはさっぱり理解できなかったが、彼女は頑固なまでに俺を〈あーたん〉だと思いこんでいて、俺はといえば彼女からそう呼ばれるのが大好きだった。舌たらずなその発音は耳に甘酸《あまず》っぱく、呼ばれるたびに幸せな気持ちになった。

しかし、どういうわけだろう。今こうしてふり返ると、あの頃の幸福感の中には常に、かすかな影を落とす何かが隠れていたような気がする。よほど集中して目をこらさない限り気づかない、ほんの気配のような、あるいは小さなシミのような不安。晴れわたった青空の隅《すみ》をじわじわと侵しつつある暗雲……。もしかすると俺は、無意識のうちにさとっていたのかもしれない。あの幸福が、決して長くは続かないということを。

親父の方向感覚がまずかったのか、それとも後輩の説明がまずかったのかは、今となってはわからない。いずれにしても親父は、目的地まであと少しというところで道に迷い、道路の端に車を止めて地図をひろげた。

〈ええと、いったいどこにいるんだろうな、おれたちは〉

〈あらら−、困ったねえ〉おふくろは、膝《ひざ》の上のかれんとおでこをくっつけ合いながらくすくす笑った。〈パパ、迷子になっちゃったんだってー〉

〈まいご?〉

と、かれんが小首をかしげる。

〈そうよー。もう大人なのにおっかしいねえ。パパにも、かれんとお揃《そろ》いの迷子札作ってあげようか〉

かれんが、両手で口をおさえてククッと笑う。

〈いや待て、わかったぞ〉と親父は言った。〈なんだ、曲がるのが一本早すぎただけじゃないか〉

ようし、もうすぐ着くからな、と親父が地図をたたんでしまいかけた——その時だ。

轟音《ごうおん》に目を上げると、前方のカーブをものすごい勢いで大型のダンプが曲がってくるところだった。

(まさか突っ込んでくる気じゃないだろうな)

冗談のようにちらりと思った直後。カーブの外側にふくらむだけふくらんだダンプは、尻を大きく振りながら横滑《よこすべ》りに突っ込んできた。迫りくる銀色のバンパーがまるでストップモーションのように見えた。

すさまじい音と衝撃のほかには、何も覚えていない。

しばらく意識を失っていたのだろうか。気がつくと、あたりは静まり返っていた。

後からわかったことだが、俺はどうやら、助手席のシートにぶつかったあと、跳《は》ね返《かえ》って後ろへ頭を打ちつけ、さらに前へと放り出されて二つの座席の間にたたきつけられたらしい。目を開けた時は、だから、鼻先にシフトレバーがあった。

視界はかすんでいたが、それでも、親父が座っていた運転席がほとんど原形をとどめないまでにひしゃげていることはわかった。おふくろに助けを求めようとして必死に目をやると、ダッシュボードにうつぶせになったおふくろは……おふくろの首は、あり得ない角度に曲がっていた。

叫ぼうとしたが声が出なかった。息がもれるだけだ。頭からは血が流れ、腕は骨折し、肩も脱臼《だつきゆう》していたはずなのだが痛みも何も感じなかった。

と、かすかな泣き声が聞こえた。

〈か……〉俺は、のどをふり絞《しぼ》った。〈……れ……〉

とたんに、泣き声は大きくなった。おふくろの胸の下のほう、ダッシュボードとの間から聞こえてくる。わずかにのぞいた水玉の服は、彼女のものかおふくろのものかわからない血でどす黒く染まっていた。

俺は、手をさしのべようとした。なのに体はぴくりとも動かなかった。まるで何者かに上から押さえつけられているように、息をするのもやっとだった。

助けなきゃ……。助けを呼ばなきゃ……。まだ間に合うかもしれない。親父もおふくろも、今ならまだ助かるかもしれない。そんなはずなどないのに、俺はひたすら祈るように思った。まだ間に合う。みんな助かる。俺さえ動ければ。今すぐ動ければ。

動けなかった。

ひび割れたフロントガラスの一部から、おそろしいほどの青い空が透《す》けて見えた。出血のせいで、再び気が遠くなっていく。

ブラックアウトの直前に聞こえたのは、泣きながら俺を呼ぶ妹の声だった。

〈あーたんっ〉

※

裏口の外で、猫が鳴いている。

「いるの？　カフェオレ」

と由里子が言った。

「ああ。でも、呼ぶなよ」

カウンターに頬杖《ほおづえ》をついた彼女は、肩をすくめた。

「呼んでも来やしないわよ。あのコ、かれんさんでなきゃだめだもの」

「まあな」

言いながら、俺はふと勝利《かつとし》の顔を思い浮かべてしまった。猫と一緒にするなと怒られそうだが、なに、似たようなものだ。あいつだって、かれん以外は目に入っちゃいない。

そういえば、あの猫に「カフェオレ」と名づけたのもかれんだった。猫がソーセージやミルクを好きなのは何の不思議もないが、なぜかあいつはコーヒー豆が大好物という変わった奴《やつ》で、〈コーヒー豆とミルクがおなかで混ざって、それでこんな毛色になったんじゃないかしら〉というのが名前の由来だ。

飲食店に生きものがいるのはまずいと言えばまずいのだろうが、ふだんは裏口の外にいて、店のほうにまで入ってくるのはかれんが来た時に限られているから、まあ目をつぶってやっている。そういうのが嫌だという客は来なければいいのだし、猫の一匹やそこらに目くじら立てるような客は、こっちからお断り、という気もする。

つけたままだったFENから、洋楽が小さく流れている。音符の合間を縫《ぬ》って、カフェオレの奴がまた鳴く。あとで少し説教してやらなくてはと思いながら、俺はカップを温めた。

かれんがカフェオレを抱きしめて、のどを撫《な》でてやっているのを見ると、いつも思い出すことがある。あの頃、うちの向かいの家にはおとなしい三毛猫が住んでいて、かれんは

その猫が大好きだった。塀の上にいるのを見つけては、

〈いいコいいコするー〉

とせがむ妹のために、何べん抱きあげて撫でさせてやったことか。あるいは、何べん猫を抱きおろしてやったことか。

まるで、昨日のことのようだ。

あの猫はもう、とっくにこの世にいないのだろうけれど。

※

もしも事故のあと、祖母がそれまで通り元気でしっかりしてくれていたら、俺たちは別れ別れにならずにすんだのかもしれない。

けれど、戦後、女手ひとつで育てあげた愛娘《まなむすめ》――いささか風変わりで放浪癖《ほうろうへき》もあったにせよ、気が優しくて親孝行だった一人娘――と、その婿《むこ》までもをいっぺんに奪われた祖母の心は、現実の残酷さに耐えられなかった。それまでは、いくらボケてきたといってもせいぜい物忘れをするくらいだったのが、俺がどうにか退院してきた時にはすでに何もわからなくなってしまっていた。

以来、今に至るまで、年老いた祖母がくり返し口にするのは、楽しかった昔のことだけ

だ。娘たちの死よりも前に時間を戻したいと強く強く願うあまりに、祖母は、自分自身の時間を止めてしまったのだ。

それを知った時、俺は祖母がうらやましかった。ねたましくさえあった。自分もそうできるならどんなにいいだろうと思った。悲しいことはすべて忘れて、親たちの死もなにもかも、なかったことにしてしまえるなら——あのとき助けを呼びに行くことすらできなかった自分の無力さに、これ以上打ちのめされずにすむなら、何だってすると思った。

事故は、名実ともに俺たち家族をばらばらにした。

つきっきりの介護が必要な祖母は、つてを頼りに房総鴨川《ぼうそうかもがわ》の老人ホームへ。まだ中学生だった俺はとりあえず、家業を手伝うという約束で、食堂を営んでいた親戚のじいさんの家へ。しかし、てっきり妹も一緒だと思っていた俺は、ここでも現実の厳しさを思い知らされることになった。

この先まだまだ手のかかるかれんを引き取るほどの余裕がある親戚はいなかった——というのは、嘘《うそ》ではないが表向きの理由でしかなくて、実際は全員にそっぽを向かれたというほうが事実に近い。親父は、あまりに能天気で野放図な生き方がたたってか、実家の親が亡くなった後は親戚一同からすっかり見放されていたのだ。つき合い自体が皆無だったから、こんなことになっても親身になってくれる者など一人もいなかった。

　事情を知って、かれんを養女にしたいと申し出たのはなんと、例の親父の後輩、花村《はなむら》氏だった。

〈おれの、せいだ……〉

　葬儀の席で花村氏は、親父の棺《ひつぎ》のふたをひっつかんで男泣きに泣いたそうだ。俺自身はまだ集中治療室に放り込まれていたから葬式に出るどころではなかったのだが、俺を引き取ったじいさんが後になってそう聞かせてくれた。

　かれんを引き取ることを花村氏に決心させたのは、結局、その後悔だったのだろう。

〈――自分が試合などに引っ張り出さなければ、先輩たちは死なずにすんだ〉

　そんなふうに自分自身を責める夫の気持ちを汲《く》みとって、彼の奥さんも、かれんを自分の子として育てる決意を固めてくれたに違いない。

　でも俺は、そのことについては一度もかれんに話していない。

　すでに自分の出生を知っているあいつも、花村夫妻の心中に隠されたぬぐい去りがたい後悔を知れば、きっとまた胸を痛めるに違いないからだ。

※

　今でこそ花村夫妻に感謝している俺だが、正直言うと、一時は恨んだこともあった。

親父たちが死んだことについてではない。彼らさえ養女にするなどと言い出さなかったら、俺を引き取ったじいさんは最後には仕方なく妹も一緒に面倒見てくれたかもしれない……そう思ったのだ。

その親戚の家は岩手《いわて》にあったから、俺が自力で上京できたのは、奨学金を申請して東京の大学に入ってからだった。おまけに花村家はその間に二度も引っ越していて、ようやく見つけ出すことができたのは卒業後しばらくたってからのことだった。

大学三年の時に肩を壊し、プロ入りの話をふいにしてしまった俺は、そのころ、スポーツ用品でわりに有名な会社で働いていた。適当に選んだ勤め先のつもりだったが、今思えばやはり、そういう世界の周辺から完全には離れられなかったのだと思う。

ともあれ、それなりの挫折《ざせつ》を経たおかげか俺もいくらか大人になっていて、いくら妹を探しあてたからといっていきなり極端な行動に出ない程度の分別はついていた。

俺の顔を見たら、かれんは〈あーたん〉だとわかってくれるだろうか。何しろ十五年ぶりだ、すぐにはわからないかもしれない。そういう場合、何と切り出せばいいのだろう。へたをすると変質者と間違えられないとも限らない。

あれこれ考えるだけで胃が痛くなった。けれどそれは、実際に物陰から妹の姿を目にした瞬間の痛みには比べようもなかった。あの時の気持ちを、どう言い表せばいいのか俺には見当もつかない。少なくとも、ひとことで言えるような単純なものではなかった。

あんなに小さかったかれんは、高校生になってしまっていた。当たり前のことのはずなのに、俺には自分の見ているものが信じられなかった。

セーラー服のすそをひるがえしながら、彼女は俺には気づきもしないで目の前を通り過ぎ、一緒に帰ってきた友だちに手をふって家の中に入っていった。幼い頃の面影もあるにはあったが、何より驚いたのは、彼女の顔や物腰や、声やしゃべり方が、死んだおふくろに生き写しだったことだ。

もしかすると、昔のことは覚えていないのかもしれないと俺は思った。引き取られた時はまだ本当に小さかったし、俺や祖母でさえ〈忘れたい〉と願うほどの事故だったのだ。あのあと優しくしてくれた花村夫妻を、本当の両親と思いこむようになったとしても無理はない。その笑顔を見ただけで、彼女が十五年間どんなふうに育ててもらってきたかよくわかった。

かれんが自分の出生を知らないでいるなら、俺から名乗り出るわけにはいかない。

かといって、このままではあきらめがつかない。

何も知らないなら、知らないままでいるほうが彼女のためには幸せなのだ――そう自分に言い聞かせながらも、俺はできることなら妹を近くで見守っていたかった。そうして陰

ながら支えてやることだけが、死んだ親父やおふくろの代わりに俺がしてやれる、たった一つのことだと思った。
いや……もしかすると、そう思いこむことで支えられていたのはむしろ、俺のほうだったのかもしれない。妹を見守るというポジションを手に入れることで、ようやく救われる気がしたのだ。事故以来の長いつき合いである、あのどうしようもない無力感から。

さんざん悩みはしたものの、俺は、この町で暮らすことを決めた。決めてしまうと楽になった。

勤め先に通うには遠すぎたから、ついでに脱サラもして、わずかばかりの退職金と、親戚のじいさんが俺に遺《のこ》してくれた土地を売った金で喫茶店を開いた。つまるところ、親父の教えを忠実に守ったわけだ。——ある金は使え。

そうして俺は、親父のもう一つの教えを実行に移すべく、サラリーマン時代にはできなかったことを片っ端からやることにした。ヒゲを伸ばし、地元の少年野球チームの監督を買って出たばかりか、やがては花村家へ出かけていって、かれんの「弟」の丈《じょう》をスカウトすることにも成功した。

かれんが『風見鶏』に出入りするようになったのは、それから間もなくだった。初めの

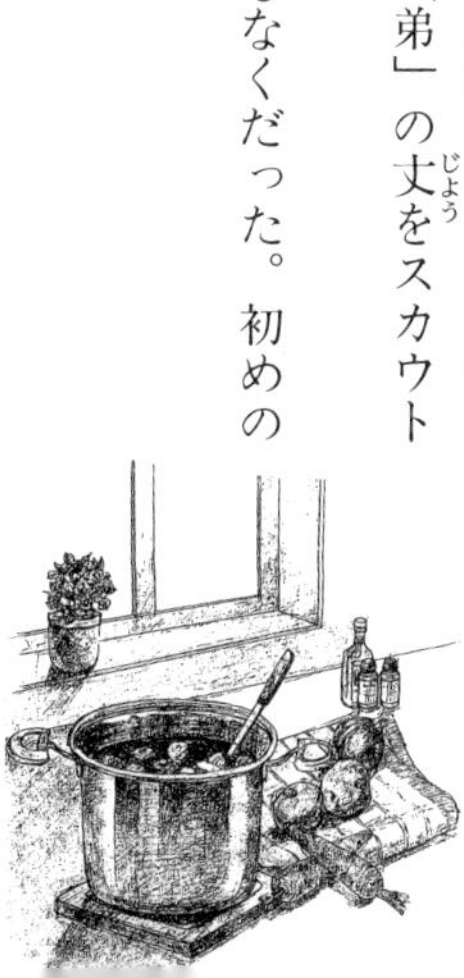

うちこそ遠慮のあった彼女も、何度か通ううちにはすっかり打ち解けてくれた。妹の進路相談に乗ってやれるなんて、夢のようだった。

〈美術の教師もいいかなあ、と思って〉と彼女は言った。〈どんな形でもいいから、ずっと絵を描《か》き続けていければいいんだけど〉

おふくろの血だ、と俺はひそかに思った。ずっと昔、インドを放浪していた時も、おふくろはカメラではなくスケッチブックを手にしていて、親父はそれが珍しくて声をかけたのだ……と、そんなノロケを聞かされたことがある。

カウンター越しに他愛ない世間話をしながらさりげなく探ってみたのだが、かれんはやはり、自分の出生の秘密にまったく気づいていなかった。

充分じゃないか、と俺は思った。兄と呼ばれなくても、妹と呼べなくても、こうしてそばで見守ってさえいられればそれでいいじゃないか、と。

だが、よくはなかった。

ある日、中学生になったばかりの丈の奴が、ニヤニヤしながらこう言ったのだ。

〈ねえねえ、もしかしてうちの姉貴、監督のこと好きなんじゃねえの？〉

※

電子音のベルに、由里子が慌《あわ》ててバッグから携帯をつかみ出して耳にあてた。ぱっちりと切り揃《そろ》えられた前下がりのボブが、話すたびに揺《ゆ》れる。

どうやら客からの電話らしい。一年ほど前に貿易会社を辞《や》めた彼女は、いま彫金の店を出す準備をしていて、そのせいで何かと忙しくしているのだ。忙しければ忙しいほど、由里子はますます由里子らしく見える。

俺がFENのボリュームをもう少しさげてやると、彼女はちらっとこちらに視線をよこして軽く微笑《ほほえ》んだ。

時計は四時過ぎを指していた。もうすぐ丈が、京子《きょうこ》ちゃんを連れてやってくる頃だ。今となっては丈も、俺のことを「監督」とは呼ばない。ほかの連中と同じように「マスター」と呼んでいる。

日々はおだやかに過ぎ、何の変化もないように見えても、時間は確実に流れている。この店を開いてから、そうだ、もうじき八年になるのだ。八年はさすがに長い。小学生だった丈がいつのまにか高校生になったように、あのころセーラー服を着ていたかれんは二十四になった。この夏に誕生日を迎えれば二十五だ。

あの小さかった妹が、二十五！　おまけに、年下の恋人までいるときてる。

しかし、これに関しては誰を恨むわけにもいかないのだった。そもそも勝利の奴がこの

店に来て、親同士の陰謀《いんぼう》でイトコたちと同居させられそうになっているとボヤいた時、一緒に暮らしてみればいいじゃないかと勧めたのは俺なのだ。

忘れもしない、あれは三年前の春だった。久しぶりにこの店で勝利とかれんが再会したあの時——正直言って、予感はあった。勝利の奴がかれんに惚《ほ》れるかもしれないという予感だ。そして、間もなくそれは現実になった。恋をしている奴の目は、見ればすぐわかる。

そうなると俺は、あいつらがひとつ屋根の下で寝起きしていることが俄然《がぜん》心配になってきた。同居なんか安易《あんい》に勧めたことが今さらのように悔やまれてならなかった。ウサギと野獣を一緒の囲いに入れたようなものじゃないか、とまで思った。勝利に聞かせたら、そんなに信用がないのかと憤慨《ふんがい》するだろうが、事実、その点については信用なんかしていなかった。べつに奴に限ったことじゃない。下半身の欲望の前に自制心を保ち続けられる男なんぞ、常夏《とこなつ》のハワイで北極グマと遭遇する以上に見つけるのが難しい。

だが、俺には大きな誤算があった。

まさか、かれんのほうも奴を好きになるとは予想だにしていなかったのだ。

誤解のないように言っておくが、俺は、勝利の奴を気にいっている。他人と深いつながりを持つのが得意でない俺にしては、我ながら不思議になるくらい親身に思っている。

いささか優柔不断で、女心にうとく、マメなくせにけっこうヌケていて、まだまだ修業の余地はあるにせよ、あいつは確かにいい奴だし、今どきちょっとめずらしいくらい俠気《おとこぎ》のある奴だと思う。自分にとって大事なものを大事だと言える奴だし、それを守る責任を果たすために努力できる奴だとも思っている。

　しかし、何といっても、かれんからすれば五つも年下だ。だいいち、かれんが自分の出生を知ったのは（つまり、俺のことを一人の男ではなく兄として見ようと努力しはじめたのは）勝利と同居を始めるほんのふた月足らず前だったのだ。いくらイトコ同士とはいっても、互いにずっと音沙汰のなかった勝利が、そう簡単に彼女の心に入りこめるはずがない。……と、俺は最初のうち、頭からきめつけていたのだった。

　実際には、〈簡単〉ではなかったのかもしれない。

　それでも結局のところ、勝利はそれをやってのけた。

　ああ見えてもかれんにはけっこう頑固なところがあって、人当たりはいいくせに心の底から打ちとけるには時間のかかる性格のはずなのだが、やつらが店に来て二人で話しているところを見るかぎり、俺は自分の読みの甘さを認めないわけにいかなかった。なぜなら勝利といる時のかれんは、ずっと昔、俺のあとを追いかけてばかりいたあの頃と同じ目をしていたからだ。

　愛情と、甘えと、全幅の信頼。

俺の大事な妹に、そんな蜂蜜《はちみつ》色の目をさせやがって、と俺は思った。はっきり言って、面白くなかった。

それでも、約束は約束だ。

〈俺が見て、こいつは見込みがありそうだと思ったときは、この店のブレンドを特別に伝授してやる〉

かれんと勝利を前にそう宣言してしまったのは、他でもない、この俺なのだ。約束した以上は、守るよりほかないじゃないか……！　くそ。

※

いつもの通り丁寧《ていねい》に落としたコーヒーに、これもいつもの通り、最後の一手間をかけてやる。

豆の挽き方にはコツがあり、蒸らし方にもコツがあり、注ぎ方にもコツがあり、フィルターをはずすタイミングにもコツがある……が、この最後の一手間ばかりはコツもへったくれもない。ただ単に、ガラスのポットを金網にのせてもう一度火にかけるだけ。時間にしてせいぜい五秒、気をつけるのは決して沸騰させないことだけだ。

DJが、前の曲のフェードアウトに重なるように、次の曲を告げた。

――『What a Wonderful World』

流れるようなストリングスが、耳慣れたイントロを奏《かな》で始める。およそ美声とは言えないルイ・アームストロングのダミ声――死んだ親父によく似た声――が、言葉のひとつひとつを味わい深く歌いあげ、そのゆったりとしたメロディに乗って、いれたてのコーヒーの香りが店をいっぱいに満たしていく。

彼の生きた時代、といってもそんなに前のことではないのだが、アメリカでは、黒人への差別が今以上にすさまじかった。彼の吹くトランペットは世界じゅうから拍手喝采《かっさい》を浴びたものの、それはあくまでもステージの上だけのことだった。

〈私を抱いてキスしてくれとは、私は誰にも頼まない。ただ普通の人間として、公平に扱ってほしいだけなのです〉

そんな悲痛な言葉をもらした彼が、ラジオの中から楽しげに歌っている。

What a Wonderful World……この素晴らしき世界。

彼がこの曲を歌うのを聴くと、俺はいつも、天気のいい日に散歩している気分になる。歌詞のとおりの光に満ちた世界が、魔法のようにあたりに広がる気がする。

空は晴れわたり、木々は輝き、人々は笑いさざめき愛し合う……。ささやかだが確かな幸福を象徴するそれらの世界は、かつて一度、俺の前から根こそぎ奪い去られたものだっ

た。めちゃくちゃにひび割れたフロントガラスからのぞいた空の、凶々《まがまが》しいほどの蒼《あお》さが忘れられなくて、晴れた空を見上げるたびにすさんだ気持ちになった時代もあった。

だが、このごろではもう、そんなことはない。世界の輝きは、再び俺のもとに戻ってきてくれたのだ。すっかり美しく成長した妹との、新しい日々と共に。

いや——違う。

思えば、今までだって俺は不幸だったわけじゃない。今ならそれを素直に認められる。俺を引き取ってくれたじいさんは、口は悪かったが良くしてくれたし、死ぬまできちんと祖母のホームの費用を面倒みてくれた。プロ野球こそは夢で終わったが、別の形で野球とは一生つき合っていける。こうして思いどおりに作りあげた店があり、俺のいれるコーヒーをわかってくれる客がいて、愛すべき仲間たちにも囲まれている。それを幸福と言わずして何と言うのだろう?

ようやく携帯を切った由里子の前に、俺は、ロイヤル・コペンハーゲンのカップを置いてやった。

「わ、ありがと」そう言って、彼女はうっとりと目を閉じた。「いい香り。さすがは私の探してきた豆だわ」

「『さすがはヒロアキさんのいれたコーヒー』くらいのことは言えんのか」

「ふーんだ」と、由里子がいたずらっぽく片目をつぶる。「あんまり当たり前すぎること言うと怒るくせに」

俺は、やれやれとため息をついた。こいつにかかると、いつもこの調子でけむに巻かれっぱなしだ。

一口飲んだ由里子が、何を思い出したかクスッと笑って何か言いかけたところへ、すかさず俺は言ってやった。

「やだ、おいしい」

互いの声がぴたりと揃って、俺たちは同時に噴《ふ》きだした。

自分の手の中にある幸福に気づかないでいる限り、人はいつまでたっても不幸なままだ。どこか懐かしいダミ声で、この男が楽しげに歌っているのは、要するに、そういうことなんだろう。

ゆっくり終わりへと近づく曲にのせて、俺は胸の奥でつぶやく。

――What a Wonderful World……。

POSTSCRPT

一年と三か月ぶりのシリーズ第六弾『遠い背中』、いかがでしたでしょうか。

これでも今までの中では前作からのインターバルがいちばん短いという……今までのペースがいかにゆっくりだったかわかりますね。しかも、十か月もかけて連載していたわりに、勝利とかれんの季節は初夏から真夏に変わっただけという……物語のペースがいかにゆっくりだかわかりますね。

え？　物語のペースじゃなくて、お前のペースがだろって？　ごもっとも。

昨年の秋に上梓《じょうし》した長編小説へのお便りに、こんなことを書いてくれた人もいましたっけ。

〈こんな長いもの書いてる暇《ひま》があったら、さっさと『おいコー』シリーズの続きを書いてください〉

——はい、鋭意努力します（笑）。

ところで、この本を手に取って下さったみなさんの中で、『ＨＯＮＥＳＴＹ』が連載されていた集英社のホームページを覗《のぞ》いて下さった方ってどれくらいいるのかな。

こういうことを言うと、パソコンに縁のない人や、いじりたくても事情が許さない人たちをわざわざうらやましがらせているみたいで申《もう》し訳《わけ》ないのだけれど、でもちょっと言わせてね。じつに美しいページなのです。

まず、トップページからしてほんとにきれい。春夏のあいだは青空から真っ白な羽がひらりひらりと舞い降りてくるバージョンだったのが、季節が秋に変わった頃からは、落ち葉のふりしきる林の風景に。それを背景に、『村山由佳のCOFFEE BREAK』というタイトルがすーっと浮かびあがり、コーヒーカップからはフワフワと湯気が。

こういうことができるのは、もちろん、制作に携わるスタッフの方々のセンスとご尽力のたまものなのだけれど、それにつけても、いやはや技術の進歩ってすごいよねえ。

つい最近までは——と言いきるにはちょっと無理があるかもしれないけど、とにかく私が大学生だったころは、ワープロさえもまだ一般家庭には普及してませんでした。就職一年目に、生まれて初めて会社でいじったワープロなんて勉強机みたいな大きさだったもの。いやマジで。それが、数年たつうちには多くの家庭が卓上ワープロを使って年賀状を書くようになり、そうこうするうちにパソコンの時代になり、それと並行して携帯電話がどんどん普及して、しかもインターネットとくっついちゃった。その間、ほんの数年。ポケベルなんてほんとにアッというまにすたれたもんねえ。

　そういえば、しばらく前に親戚の高校生の女の子がこんなことを言ってました。

「由佳ねえちゃんたちの時代はさーあ(←時代って言うなッ!)、ケータイなかったんでしよ? どうやって恋愛してたの? 考えらんない」

　か、考えらんないってあんた……。

「だって、待ち合わせとかどうしてたわけ? メールも送りっこできないじゃん」

　うーん、そりゃまあね。待ち合わせ場所で二時間も待ちぼうけくらったことだってあったし、逆にこっちが待ち合わせの場所を間違えて、相手を怒らせてしまったこともありましたよ。そういう点では、確かに不便だった。

　でも、たとえ携帯電話がなくたって、伝えたい気持ちがほんとに強ければ、親の目をかいくぐりながら自宅の電話で長電話したり、授業中、メールのかわりにルーズリーフにせっせと手紙を書いてみたりしたものです。時代が変化するにつれて、恋愛の道具《ツール》は変わったとしても、人が人を恋する気持ちにはそうそう変化なんてないんじゃないかなあ。

と思っていたら、くだんの彼女にまたやられました。

「今の彼氏とは一年続いてるんだけど、友だちはみんな一か月から三か月くらいで倦怠期《けんたいき》になって別れちゃったの」

けっ、倦怠期？　三か月で？　それって、恋愛だったのか？

いや、もちろん、「恋愛とは何か」というはっきりとした定義づけがない以上、あれも恋愛、これも恋愛と言われてしまえば反論のしようはないです。私自身、前にも書いたように、「恋愛にスタンダードなんてあってたまるか」と思っているくらいだしね。

けれど、それでもなお、〈こうありたい〉という譲《ゆず》れない一線はあるわけで。

どうありたいのか？　という質問に対しては、今のところこう答えるしかありません。

「私の小説を読んで下さい」って。

相手を想う気持ちが深く複雑になればなるほど、まわりの社会との関わりもまた込み入ってくるのは当然のことです。連載当初は一話ずつ読み切りの形で進んでいたこのシリーズが、前作『緑の午後』あたりから〈続きもの〉の様相を呈《てい》してきたのも、そのことと無関係ではありません。だって、現実の世界での恋愛は〈一話完結〉なんて具合にはいかないもの。すぐに答の得られる悩みもあれば、ずっとずっと解決の糸口さえ見つからないまま引きずらなければならないものも出てくるはず。

そんなわけで、いまだ未解決の問題を両手いっぱいにかかえながら、彼らの恋は次の巻へと続きます。何があっても、へこたれるなよ、勝利。

今後とも、応援よろしく。


さて、連載中は、これまでにも増して志田正重さんにお世話になりました。

前記のHPには、志田さんの麗《うるわ》しいイラスト・ギャラリーもあります。WEBの画面上で見ると、紙に印刷されたもの以上に透明感があって、それはそれはきれい。おまけに単行本未収録のイラストを含め、さまざまな「かれん」が〈壁紙〉として無料でダウンロードできてしまうのです。をを、太っ腹。みなさんもぜひ覗いてみてね。

それから、HPの運営を企画の段階からずっと支えて下さった田川さんに感謝を。どんなに最先端の技術があろうとも、『おいコー』シリーズを応援して下さるお気持ちがなかったら、あんなにきれいなHPができるはずがありません。ほんとうにありがとうございました。

そして、毎度おなじみ〈オヒゲの担当〉こと、自称〈郵便屋〉の八坂さま。雨の日も風の日も、読者のみなさんから届くメールを配達して下さって感謝です。あ、お天気はべつに関係ないか。でも感謝です。

最後に、これも毎度のことながら、みなさまにお願い。本編はもとより、ショート・ストーリーに関する感想もすごぉーくお聞きしたいです。メールだけでなく、手でさわれるお便りもお待ちしてます。

うんと気長に待ってますんで、どうぞよろしくね。

すべてがあまりにも目まぐるしく移り変わるこの時代だからこそよけいに、すぐには得られないものを待っている時間に意味がある……と思うんだけど。

みんなはどう思う？

2002年3月　　愛をこめて

村山由佳

■初出

HONESTY
集英社WEB INFORMATION
「村山由佳公式サイト COFFEE BREAK」2001年3月～同11月

WHAT A WONDERFUL WORLD　書き下ろし

本単行本は、上記の初出作品に、著者が加筆・訂正したものです。

おいしいコーヒーのいれ方Ⅵ
遠い背中

2002年3月27日　第1刷発行

著　者●村山由佳　志田正重
編　集●株式会社 集英社インターナショナル
〒101-8050　東京都千代田区一ツ橋2-5-10
TEL　03-5211-2632(代)
装　丁●亀谷哲也
発行者●片山道雄
発行所●株式会社 集英社
〒101-8050　東京都千代田区一ツ橋2-5-10
TEL　03-3230-6264(編集部)　3230-6393(販売部)　3230-6080(制作部)
印刷所●大日本印刷株式会社

ISBN4-08-703113-6 C0093

JUMP j BOOKS
最新刊3点!!絶賛発売中!!
〈王なる宝〉の眠る島で、珍獣たちが大ピンチ！　ルフィとチョッパー大活躍の劇場アニメ小説版！
【ONE PIECE 珍獣島のチョッパー王国】尾田栄一郎●浜崎達也
平安の天才棋士・佐為の霊と出会って、小学生のヒカルが囲碁の世界に……!!　人気漫画のノベライズ！
【ヒカルの碁】ほったゆみ●小畑 健●横手美智子
かれんと自分のため、一人暮らしを決意した勝利に意外な障害が!?　番外編も収録、シリーズ第6弾！
おいしいコーヒーのいれ方VI
【遠い背中】村山由佳●志田正重